Ullstein Krimi

Ullstein Buch Nr. 10154
im Verlag Ullstein GmbH,
Frankfurt/M – Berlin – Wien
Titel der englischen
Originalausgabe:
An Afternoon To Kill
Übersetzt von Ute Tanner

Erstmals in deutscher Sprache

im Verlag Ullstein GmbH,
Frankfurt/M – Berlin – Wien

Ungekürzte Ausgabe

Printed in Germany 1982
Umschlaggestaltung:
Herbert Göllnitz, Frankfurt
Umschlagfoto: Bilderbox,
Overath
Gesamtherstellung:
Ebner Ulm
ISBN 3 548 10154 2

Mai 1982

CIP-Kurztitelaufnahme
der Deutschen Bibliothek

Smith, Shelley:
Das Gift der Bosheit: klass. Krimi /
Shelley Smith. [Übers. von Ute Tanner]. –
Ungekürzte Ausg. – Frankfurt/M; Berlin;
Wien: Ullstein, 1982.
(Ullstein-Buch; Nr. 10154: Ullstein-
Krimi)
Einheitssacht.: An afternoon
to kill ‹dt.›
ISBN 3-548-10154-2
NE: GT

Shelley Smith

Das Gift der Bosheit

Klassischer Krimi

Mit einem
Nachwort von
Julian Symons

Herausgegeben
von Bernd Jost

Ullstein Krimi

Für Liz

Prolog: Das Haus in der Wüste

Es war eine Stunde vor Mittag, als das veraltete Flugzeug, das den englischen Hauslehrer in den fernen, kleinen indischen Staat bringen sollte, aus dem leeren, weiten Himmel herabschwebte und auf dem von der Sonne gedörrten Boden aufsetzte. Der Pilot kletterte heraus und umrundete langsam einmal die Maschine, aber als der Engländer ihm zurief, was denn los sei, machte der Ausdruck der Besorgnis auf dem braunhäutigen Gesicht rasch einem vergnügten Grinsen Platz.

»Ist okay. Ich bringen in Ordnung«, sagte er mit einer großartigen Handbewegung.

Der Engländer war ebenfalls ausgestiegen und trat jetzt neben ihn. »Was ist denn kaputt?«

»Fahrgestell verbogen; verdammte Steine«, sagte der Pilot und gab dem Fahrwerk einen Tritt. »Nicht zu schlimm. Könnte schlimmer sein. Ärger mit dem Motor auch. Ein bißchen. Nicht schlimm. Ich bringen in Ordnung.«

»Wo sind wir?«

Das hätte der Pilot auch gern gewußt; er hatte keine Ahnung, wie weit sie sich von ihrem Kurs entfernt hatten, was mit der Maschine war oder wie lange die Reparatur dauern würde. Die gelassen-tüchtige Fassade verbarg eine große Portion Angst. Wenn etwas schiefging und der Engländer . . . Ja, nur mal angenommen, der Engländer erreichte sein Ziel nicht, dann war er, Ras Ali, erledigt. Ruiniert. In Ungnade gefallen. (Auf den Gedanken, daß dann vermutlich auch er nirgendwo ankommen würde, war er noch nicht gekommen.) Er sah seine dünne, schwarzhaarige kleine Frau vor sich und die Kinder, die armen kleinen Hände flehend erhoben – und er hätte am liebsten geweint. Die geborstene gelbe Erde mit den spärlichen Grasbüscheln und den verkrüppelten Dornbüschen (eine Landschaft wie am Ende der Welt) begann vor seinen nassen Augen zu verschwimmen.

»Wir sind in einer Wüste«, sagte er, aber da wollte dieser lästige Engländer mit seiner Leidenschaft für Fakten natürlich sofort wissen, in welcher Wüste sie denn waren.

»Vielleicht in der Persischen Wüste.«

»Was heißt hier ›vielleicht‹? Wissen Sie etwa nicht genau, wo wir sind?«

»Ich meine – ja, es ist die Persische Wüste«, sagte der Pilot, den seine eigenen Worte überzeugt hatten.

Der Engländer runzelte die Stirn. »Persien liegt doch aber eigentlich nicht auf unserer Route – oder?«

»Es ist eine andere Strecke«, sagte der kleine Inder, wieder mit einer großartigen Handbewegung. »Ebensogut. Schneller. Besser«, improvisierte er.

Der Engländer war drauf und dran, angesichts dieser dummen Lüge zu explodieren, aber dann besann er sich. Es war wohl passender, sich cool und belustigt zu geben. In Oxford wurde erwartet, daß man in allen Lebenslagen abgeklärter Zuschauer blieb. In *allen* Lebenslagen. Und Mr. Jones nahm diese philosophisch-distanzierte Einstellung überaus ernst. (Mr. Jones war vierundzwanzig.) Er lächelte also auf den albernen kleinen Kerl herab und sagte:

»Ganz schön heiß hier draußen. Ich setze mich wieder in die Maschine, bis Sie den Schaden behoben haben. Von Motoren verstehe ich nämlich überhaupt nichts.«

Aber in der Maschine war es unerträglich heiß und stickig, der metallene Käfig schien die Sonnenstrahlen anzuziehen und sich mit Hitze geradezu aufzuladen. Sehr bald kam Mr. Jones, nach Luft schnappend wie ein Karpfen auf dem Trockenen, wieder herausgestolpert. Er dachte daran, sich in den Schatten zu flüchten, den das Flugzeug warf, aber die Sonne stand schon zu hoch. In dem schmalen schwarzen Streifen war es unerträglich.

Schützend legte er eine Hand vor die Brille und spähte kurzsichtig in den leeren, in der Hitze wabernden Horizont. Der Hitzeschleier mochte täuschen – aber er hatte den Eindruck, daß da irgend etwas war. Ein Punkt, ein perlmuttfarbener Fleck genau an der Stelle, wo der leere Himmel die Erde berührte. Er rief Ras Ali. Es sei, erklärt der Pilot nach ausgiebiger Betrachtung, ein Haus. Und von einem Haus, begriff er erleichtert, konnte Hilfe kommen; sofort erbot er sich, auf Erkundung auszugehen. Doch mit diesem Vorschlag kam er bei Mr. Jones nicht gut an. Der Pilot solle nur bei der Maschine bleiben und sich um die Reparatur kümmern. Wenn in diesem Haus Hilfe zu erwarten war, würde er, Jones, sie ihm dann schon schicken.

»Sie wollen mich doch nicht die ganze Nacht in der Wüste allein lassen?« entsetzte sich der Pilot.

»Die ganze Nacht? Ja, wie lange brauchen Sie denn für die Reparatur?« fragte Mr. Jones nicht minder entsetzt.

»Zwei Tage, drei Tage. Ich kann nicht sagen, ich weiß nicht«, jammerte der Kleine.

»Unsinn«, entschied Mr. Jones selbstsicher. »So schwierig kann das gar nicht sein. Wahrscheinlich sind die Zündkerzen verdreckt. Wir müssen weiter, wir können doch nicht ewig hier hocken bleiben.«

»Nein, Sir. Völlig richtig, Sir. Ich bringen in Ordnung. Sofort. Heute nachmittag. Zehn Minuten«, versprach er in Erinnerung an die Zettel, die er manchmal an den Türen kleiner Geschäfte in England gesehen hatte: »Bin in zehn Minuten wieder da.«

Aber Mr. Jones wollte nichts riskieren. Außerdem wurde ihm schon beim bloßen Herumstehen in der glühenden Hitze schwindlig. »Sie müssen heute nachmittag fertig werden«, entschied er, schob zum Schutz des Nackens ein Taschentuch unter den Tropenhelm und ging auf die Erscheinung zu, von der er aufrichtig hoffte, daß sie keine Fata Morgana war. Er wurde immer kleiner, bis er dem Blick des Piloten endgültig entschwunden war.

Mr. Jones kam zu einer Mauer mit dunklen unregelmäßigen Öffnungen in der Größe von Dominosteinen. Er schritt zwei Seiten dieser Mauer ab, bis er den Eingang fand, ein kleines schmiedeeisernes Tor, und klingelte. Da er warten mußte, wandte er sich um und erblickte in einiger Entfernung die weißen, schachtelartig aufgetürmten Häuser eines Dorfes und die stille spiegelnde Fläche eines Sees oder Staubeckens. Als er sich ungeduldig wieder dem Tor zuwandte, fragte er sich, wie lange die Augen ihn wohl durch das Gitter hindurch schon angestarrt hatten.

In einen Harem einzudringen hätte kaum schwieriger sein können; an der Verständigung konnte es nicht liegen, denn der Türhüter sprach ein ganz ordentliches, wenn auch primitives Englisch.

»Bring mich zu deinem Herrn«, verlangte Jones schließlich, als er die orientalische Hinhaltetechnik nicht mehr ertragen konnte.

Der schielende Türhüter peilte gleichzeitig Mr. Jones' linkes Ohr und einen zu seiner Rechten stehenden Unsichtbaren an und erklärte mit der Entschiedenheit eines englischen Butlers: »Sie unmöglich niemanden sehen.«

Wenn ich nicht aus dieser Hitze herauskomme, falle ich tot um, dachte Mr. Jones. In seiner Verzweiflung entschloß er sich, Taten sprechen zu lassen. Er holte eine Handvoll Münzen aus der Tasche. Vorsichtig wurden die Riegel zurückgeschoben.

Der Hof war das reinste Paradies, er bot Schatten und Wohlgeruch und jenen Laut, der erfrischend ist wie eine sanfte Brise – das Plätschern von Wasser. Ein Jasminbusch warf filigranzarte Schatten bis hinüber zu einem Säulengang. Ein Hibiskus wandte seine hundert Blüten der Sonne zu. Mr. Jones wurde ins Haus geführt und fand sich in einem großen, dämmrigen Raum wieder, in den die Sonne ein bizarres Muster zeichnete. Vermutlich war der Diener abgezogen, um jemanden zu holen. Aber wen? »Sie unmöglich niemanden sehen . . .« Der Satz klang ihm noch im Ohr, und er stellte sich eine reiche Moslemswitwe in Purdah vor. Auf dem Perlmutt-Tischchen am Fenster zirpte unermüdlich eine Grille in ihrem kleinen Käfig aus Papier. Es war ein hartnäckiger, hypnotisch wirkender Laut, und er betrachtete das kleine Geschöpf wie gebannt.

Es gab ihm einen Ruck, als eine Stimme unerwartet »Guten Tag« sagte, und er fuhr ganz verstört herum. Zuerst hielt er die Gestalt, die im Türbogen stand, für einen Mann, aber dann erkannte er, daß es eine Frau war. Eine alte Frau, kräftig und breithüftig wie eine Bäuerin, mit weißem extrem kurz geschnittenem Haar, wie das eines Mannes. Sie kam auf ihn zu.

»Ich wollte Sie nicht erschrecken«, sagte sie mit ihrer tiefen, angenehmen Stimme.

»Sie sind Engländerin«, stieß er hervor und hätte nicht sagen können, weshalb er so erstaunt darüber war, in dieser orientalischen Zitadelle eine Engländerin vorzufinden.

»Und Sie sind Engländer. Ich konnte der Versuchung nicht widerstehen, nach so vielen Jahren wieder einmal eine Stimme aus der Heimat zu hören.«

»Erstaunlich, wirklich erstaunlich«, sagte er halblaut.

»Es ist offenbar leicht, Sie zum Staunen zu bringen«, sagte sie mit leisem Lächeln. »Aber zunächst muß ich mich wohl vorstellen. Ich bin Alva Hine.« Sie sah, daß der Name ihm nichts sagte.

»Und ich heiße Lancelot Jones«, gab er zurück. »Ich werde in Bandrapore erwartet, als Hauslehrer für Mahmoud Khans Sohn. Wir mußten hier mit einem Motorenschaden zwischenlanden. Ich habe den Piloten bei der Maschine gelassen und mich selber um Hilfe bemüht. Ich verstehe zwar nichts von Technik, aber ich fürchte, der Pilot ist ein hoffnungsloser Trottel und ist blind drauflosgeflogen.« Endlich gestand er auch sich selbst ein, daß er in der Klemme steckte.

»Sie sind also nicht gekommen, um mir einen Besuch abzustatten?« fragte die alte Dame.

»Aber nein«, wehrte Lancelot Jones ab, der sich bis dahin eingebildet hatte, sie bekleide in diesem Haus etwa eine Stelle, wie sie ihn in Bandrapore erwartete. »Nein, eigentlich nicht.« Er musterte jetzt sehr aufmerksam den kantigen Kopf, der die Majestät einer antiken Büste hatte. »Dann sind Sie also die ›sie‹?«

Er erzählte ihr von der Bemerkung des Türhüters: »Sie unmöglich niemanden sehen.«

»Wie Ayesha.« Sie lachte.

»Wie meinten Sie?«

»Ayesha«, wiederholte die alte Dame. »Die weiße Göttin. Rider Haggard. Erinnern Sie sich nicht?«

»Ein Buch?« fragte er leicht verwirrt.

»Machen Sie sich nichts draus. Er hat nur meine Befehle ausgeführt. Die Dienerschaft weiß, daß ich keine Besucher empfange.«

»Sie sind schon lange hier?«

»Viele Jahre. Aber so lange gedenken Sie sich bestimmt nicht hier aufzuhalten. Man erwartet Sie ja in Bandrapore. Wie lange wollen Sie hierbleiben? Attraktionen für Touristen gibt es hier kaum, und meine armselige Gastfreundschaft wird Ihnen recht primitiv vorkommen«, setzte sie grausam gelassen hinzu.

»Ich hoffe, daß ich Ihnen überhaupt nicht zur Last fallen muß«, sagte er rasch. »Wenn Sie mich nur für ein paar Stunden beherbergen könnten . . . Bis zum Abend müßte der Pilot es eigentlich geschafft haben.«

»Ich schicke ihm meinen Fahrer, der ist recht geschickt im Umgang mit Motoren.« Sie klatschte in die Hände und gab einem Diener eine Anweisung. »So, Mr. Jones, und jetzt müssen Sie alles über sich erzählen«, verlangte sie gebieterisch wie ein Kind, das ein Märchen hören will.

Aber entweder gab es da nichts zu erzählen, oder er fand nicht die richtigen Worte. Er sei vierundzwanzig, erzählte er. Sein Vater . . . seine Mutter . . . Oxford . . . Alva Hine verbarg höflich ein leichtes Gähnen hinter vorgehaltener Hand. Deswegen hätte ich mich in meinem Tageslauf nicht stören zu lassen brauchen, überlegte sie, den ernsthaften jungen Mann mit den langen vorgestreckten dünnen Beinen betrachtend. Doch falls sie enttäuscht war, sah man das ihrem heiter-gelassenen Gesicht jedenfalls nicht an.

Ein Diener brachte gesüßten Pfefferminztee in kleinen Gläsern.

»Erzählen Sie mir von London«, bat sie. »Was tut sich dort, welche modernen Schriftsteller lesen Sie am liebsten?« Irgendein Thema für die Unterhaltung mit diesem langweiligen jungen Mann mußte sich doch finden lassen.

»Ich lese keine schöngeistige Literatur.«

»Na, hören Sie«, sagte sie fast empört. »Darf ich fragen, warum Sie keine schöngeistige Literatur lesen?«

»Sie dürfen. Weil sie mich nicht interessiert.«

»Aber warum nicht?« So schnell ließ sie sich nicht abschütteln.

Er zuckte die Schultern. »Ich vermag nicht einzusehen, was das bringen soll. Selbst wenn ich soviel freie Zeit hätte – was nicht der Fall ist –, glaube ich nicht, daß ich mich je dazu durchringen könnte, einen Roman zu lesen. Es ist mir unerfindlich, wieso Romane überhaupt gelesen werden.«

»Wahrscheinlich auch, wieso sie geschrieben werden?«

»Das will ich nicht sagen. Es gibt die seltsamsten Möglichkeiten, Geld zu verdienen. Aber sie zu lesen ist eine andere Sache. Es ist eine bösartige Gehirninfektion.«

»Das ist wirklich Ihre Meinung?«

»Absolut. Weshalb sollte man in dieser Phase unserer Geschichte, da man die Zeitprobleme gar nicht ernst genug nehmen kann, seine wertvollen Kräfte an eine derart sinnlose Frivolität vergeuden, die, wie mein Tutor zu sagen pflegte, die sittliche Kraft schwächt und den Geist abstumpft?« Lancelot Jones lauschte nicht ohne Genuß dem Klang der rollenden Perioden nach.

Die alte Dame lächelte über den törichten jungen Snob.

»Was Sie alles wissen«, staunte sie.

»Aber Sie verstehen doch, wie ich es meine?«

»Selbstverständlich. Ich allerdings streife gern durch die Haine der Phantasie, die Sie so mißbilligen. Mir kommt es dann vor, als sähe ich mein eigenes Herz im Spiegel und entdeckte dort Dinge, von denen ich vorher nichts wußte.«

»Was für Dinge?«

»Geheimnisse der menschlichen Natur.«

»Wäre es dann nicht besser, sich mit Psychologie zu beschäftigen? Die würde Ihnen Ihre angeblichen Geheimnisse sehr schnell enthüllen.« Er machte eine leichte Handbewegung, die seine Erregung verriet.

Auch sie war jetzt ganz ernst geworden. »Haben Sie sich schon einmal überlegt, daß es Wahrheiten gibt, die sich nicht völlig in Worten mitteilen lassen und die dennoch auf seltsame Weise die Gesamtwirkung eines Buches ausmachen können? Ein Beispiel sind die ungreifbaren Wahrheiten der Poesie. Aber Lyrik ist wahrscheinlich auch unter Ihrer Würde.«

»Mir geht es um Fakten, nicht um Poesie«, ereiferte er sich. »Verse waren gut genug für mich, als meine Mutter mich noch auf den Knien schaukelte, als ich noch nicht sprechen konnte. Verse sind etwas für die kindlichen Gemüter, für die schlappen, verantwortungslosen

Träumer. Oder für den Diktator, der das geschriebene Wort einsetzt, um ein Volk zu hypnotisieren. Nieder mit der Poesie, sage ich. Sie hat sich als Fluch der Menschheit erwiesen.«

»Ich sehe schon – wenn ich mir nicht all meine Vorstellungen von dem, was ich unter einer beglückenden Erfahrung verstehe, ausreden lassen will, müssen wir uns ein anderes Gesprächsthema suchen. Diesmal dürfen Sie wählen.«

Er zögerte. »Darf es auch etwas Persönliches sein? Ich würde gern erfahren, weshalb Sie an einem so entlegenen Ort leben.«

Sie überlegte. Die runden braunen Hände lagen still in ihrem Schoß. »Ja, ich will es Ihnen erzählen«, sagte sie schließlich. »Es ist jetzt alles so lange her, daß es wohl nicht mehr wichtig ist. Ich würde es gern einmal jemandem erzählen, und Ihnen verkürzt es vielleicht die Wartezeit. Ich werde versuchen, Sie nicht zu langweilen«, setzte sie rücksichtsvoll hinzu.

1 Das Haus am Meer

Versonnen begann die alte Dame:

»Es ist, als müsse ich einen Schleier nach dem anderen vor der Vergangenheit wegziehen, um den Beginn der Geschichte zu finden, die damit endete, daß ich dieses Haus bezog. Wenn ich es mir recht überlege, bleibt mir nichts anderes übrig, als buchstäblich ganz von vorn anzufangen. Mit jener Zeit, als wir alle noch Kinder waren und in einem wuchtigen, rosa-gelb getünchten viktorianischen Haus mit Zinnen und einem Uhrtürmchen lebten. Es war wohl eine echte Scheußlichkeit, die da aus der melancholischen Landschaft von Essex aufragte. Aber mit seinem verwilderten Garten und den düsterschwarzen, immergrünen Gehölzen war es ein romantischer Ort für Kinder, in dem es sich, hoch oben in dem schattenspendenden Geäst einer Zeder sitzend, herrlich spielen und verstecken und träumen ließ. Und auch das verbaute, hallende Haus war ganz nach dem Herzen eines Kindes. Deshalb hatte Vater es wohl auch gekauft. Es war so gut geeignet für eine große Familie – gleichsam auf Zuwachs gedacht. Und das nahe gelegene Dorf hatte einen Bahnhof, so daß Vater mit der Eisenbahn in die Stadt fahren konnte. Vater war Teehändler. Einmal im Jahr durften wir Kinder die Lagerhalle in Stepney besichtigen und das Kontor in der City, verstaubte alte Räume, in denen es merkwürdig roch, mit vielen Treppen und Stufen, die fast zu hoch für meine kurzen Beinchen waren.

Das Geschäft ging offenbar gut, denn unserer großen Familie fehlte es an nichts. Allerdings war unsere Lebensführung schlicht und ohne jeden Aufwand, trotz der obligaten Kindermädchen und Gouvernanten. Vor unseren Eltern, zumindest vor Papa, hatten wir einen Heidenrespekt. Er war groß und hatte ein blasses, strenges Gesicht, dunkle Augen, einen prächtigen schwarzen Schnurrbart und schwarze Augenbrauen. In seinem Haar waren schon damals silbrige Strähnen. Für mich war er der liebe Gott«, sagte die alte Dame mit einem sehr reizenden Lächeln.

»Mama hatte ich lieb, das war nichts Besonderes. Aber Papa betete ich an. Die Jungen hatten wohl Angst vor ihm, sein Zorn konnte schrecklich sein, aber ich fürchtete ihn nicht, ich wünschte mir nur, daß er mich von allen am liebsten hatte. Als die kleine Ursula starb, war ich die Älteste und Papas Liebling. Wir waren – warten Sie – ja, wir waren acht, wenn man die Kinder mitzählt, die jung starben. Da war Percival, neun Jahre älter als ich, da waren Ursula, die mit dreizehn, und Mary, die als Baby starb, dann kam Robert, dann ich, Blanche Rose . . .« Sie unterbrach sich, als sie das erstaunte Gesicht des jungen Mannes sah. »Alva Hine, müssen Sie wissen, ist nur ein angenommener Name. Blanche Rose erwies sich als unglückselige Namenswahl für ein Mädchen, das einer weißen Rose so unähnlich wie nur möglich werden sollte. Arme, ungeschickte, schüchterne Blanche. Nach mir kamen Harry, so munter und hübsch, wie Blanche steif und unscheinbar war, und Lucy, ein reizendes Kind mit hellen Haaren wie Mama.

Es muß ein schwerer Schlag für Papa gewesen sein, als Percival beschloß, in die indische Armee einzutreten, statt das väterliche Geschäft zu übernehmen. Der Älteste – Sie wissen ja, wie das ist. Auch Robert war eine Enttäuschung. Er tat irgend etwas Schändliches und brannte durch, und uns Kindern wurde untersagt, je wieder seinen Namen zu erwähnen. Ich war damals noch klein, ich verstand nichts von diesen Dingen, und sie waren mir auch gleichgültig. Meine älteren Brüder waren mir immer so fern gewesen, daß ich sie kaum vermißte. Bis zu meinem vierzehnten Lebensjahr war ich der festen Meinung, das Leben sei dazu da, um zu genießen.

Doch als ich vierzehn war, verlor ich Mama. Nach Lucy hatten sie bestimmt kein Kind mehr haben wollen, und der kleine Edgar kostete sie das Leben. Nicht sofort. Ein paar Wochen schien es, als wisse sie nicht recht, ob sie leben oder sterben sollte. Ich erinnere mich noch gut, wie sehr die Atmosphäre der Krankheit und des Leidens im Haus mich beeindruckte und ängstigte – die Stille, das feierliche Knistern gestärkter Schwesternschürzen, der durchdringende Geruch der Desinfektionsmittel, der Anblick von Mama, die plötzlich schrecklich klein und gelb wirkte in dem großen weißen Bett. Und dann begriff ich eines Tages – ich weiß nicht, warum –, daß sie sterben würde, daß der Tod unausweichlich war. Danach konnte ich es kaum mehr ertragen, sie anzusehen. Aber als sie im Sterben lag, umgeben von ihren Kindern, als Papa neben ihr kniete, die Hände vors Gesicht geschlagen (betete er oder weinte er?), nahm sie meine kalte Hand in ihre fieberheiße und flüsterte: ›Kümmere dich um Papa, mein kleines Mädchen.‹ Und ich versprach es ihr mit der ganzen Leidenschaft meines jungen Herzens.

Ich nahm mir vor, sehr erwachsen und brav und nützlich zu sein. Ich liebte ihn so sehr, daß ich alles getan hätte, um ihm eine Freude zu machen. In diesem eindrucksfähigsten Alter sah ich das Leben ganz und gar durch seine Augen. Ich wollte sein wie er: streng, edel, melancholisch. Ich wünschte mir glühend schwarzes Haar und schwarze Augen statt der langen, glatten braunen Strähnen und der langweiligen grauen Augen.

Auf seltsame Weise schien nach Mamas Tod das Haus wie umgewandelt, ohne daß sich äußerlich irgend etwas änderte. Es war jetzt immer trostlos und kalt. Die Bäume nahmen den Zimmern das Licht. Man meinte einen Trauerflor in den schweigenden Zimmern hängen zu sehen, in denen wir Kinder uns selten aufhielten. (Mit einer Ausnahme. In dem düster-grünen Speisezimmer mit den sturen Fasanen und Fischen in ihren Goldrahmen nahm ich, als die Älteste, jetzt an dem langen Mahagonitisch Platz und versuchte Papa mit den höflichen Trivialitäten zu unterhalten, die ich von Mama gehört hatte.) Es war, als habe das Haus seine Seele verloren. Ich hatte den Eindruck, daß Papa es so wollte. Man hatte immer das Gefühl, als läge Staub auf den Möbeln, obgleich sie wahrscheinlich ziemlich sauber waren. Aber rein gefühlsmäßig begriff ich, daß Papa trauerte. Ich hatte eine seltsame, kindisch übertriebene Vorstellung von der Liebe und fürchtete, er könne ohne Mama nicht weiterleben. Und möglicherweise quälte er sich wirklich nur aus Pflichtgefühl uns Kindern gegenüber weiter. Dabei schien er uns kaum zu sehen. Jeden Morgen gaben wir ihm pflichtschuldigst einen Kuß, wenn er einsam beim Frühstück saß, die Zeitung ungeöffnet neben sich. Lucy holte seinen Schirm, ich seinen Zylinder, und dann sahen wir dem Wagen nach, der in dem grauen Seenebel verschwand. Danach lief Lucy in ihrer schwarzen Schürze zur Gouvernante hinauf, und ich folgte ihr langsamer, niedergedrückt durch das Gewicht meiner Trauerkleidung. Irgendwie hatte ich das Gefühl, daß sich schnelles Laufen nicht gehörte, wenn man Schwarz trug. Den ganzen Tag über wartete ich unruhig auf den Abend, um dann mit brav zurückgekämmtem Haar, ein Medaillon um den Hals, zum Essen hinunterzugehen, wo ich versuchte, mit Papa Konversation zu machen. Es gelang mir nie, ihm ein Lächeln zu entlocken; ich weiß nicht, ob er meine ungeschickten Versuche überhaupt zur Kenntnis nahm. Das war mir schrecklich. Weil ich ihn liebte, war das gemeinsame Abendessen für mich der Höhepunkt des Tages, und ich hatte immer das Gefühl, daß ich eine Enttäuschung für ihn war – bis mir die gute Idee kam, ihm aus der Zeitung vorzulesen, während er aß. Damit war uns beiden geholfen.

Jeden Sonntag brachten wir Blumen auf den Friedhof, aber Papa sprach mit uns nie über Mama, und ich tat, als hätten die Blumen auf dem Grab nichts mit ihr zu tun. Ich muß in jener Zeit sehr einsam gewesen sein. Es war nicht normal, wie wir lebten. Wir machten keine Besuche, nie kamen Kinder zum Spielen zu uns. Es war, als lebten wir hundert Meilen von jeder menschlichen Ansiedlung entfernt. In Wirklichkeit war es nur eine Viertelstunde zu Fuß bis ins Dorf. Und doch gefiel es mir gerade so, wie es war. Es war mir ganz recht, daß Papa sich in diese dunkle, unwirkliche Welt der Vergangenheit zurückgezogen hatte. Ich war gern bereit, ihm dort Gesellschaft zu leisten. Ich wollte Mamas Platz einnehmen.«

Lancelot Jones richtete sich auf und hob die Augenbrauen.

»Sie sind schockiert?« fragte die alte Dame mit leichtem Lächeln.

»Nein, nein«, beteuerte Lancelot Jones. »Davon kann keine Rede sein. Der Ödipuskomplex ist uns ja inzwischen allen ein Begriff. Erschreckend für uns Menschen des 20. Jahrhunderts ist nur, daß die Viktorianer in ihrer Harmlosigkeit die perverse sexuelle Beziehung zwischen Elternteil und Kind ›niedlich‹ fanden, sie als etwas Förderns- und Ermutigenswertes ansahen.«

Offenbar sind sie nicht auf den Gedanken gekommen, daß eine solche Beziehung für das Kind nicht nur gefährlich, sondern geradezu eine Katastrophe sein könnte.«

»Nicht für Miss Mitford, nicht für Elizabeth Barrett Browning, nicht – wenn ich es wagen darf, mich in so illustre Gesellschaft zu begeben – für mich«, erklärte die robuste alte Dame gelassen.

»Das verstehen Sie wohl nicht so ganz«, sagte Lancelot Jones nachsichtig.

»Das verstehe ich sogar sehr gut«, widersprach sie heiter. »Sie glauben, es sei mir nicht klar, daß ich mich in meinen eigenen Vater verliebt hatte. Aber gerade das, mein lieber junger Mann, versuche ich ja gerade, Ihnen in möglichst simplen, leicht faßlichen Worten klarzumachen. Es war eine Tragödie, aus der Tragisches entstand. Es ist völlig überflüssig, über diesen Tatbestand den Mantel griechischer Mythologie zu drapieren.«

»Und doch behaupten Sie, es sei keine Katastrophe für Sie gewesen.«

»Schauen Sie mich an.« Sie saß da, die Hände auf den Knien, eine üppige braune Gottheit, abgeklärt und voller Ironie. »Bin ich nicht das, was man heute eine vollintegrierte Persönlichkeit nennt?«

Er sah sie stumm an.

»Nun?«

»Ich bin kein Psychologe«, meinte er bescheiden. »Aber wenn ich das sagen darf: Selbst ich sehe in Ihrem Rückzug vor dem Leben Anzeichen einer tiefsitzenden Neurose.«

»Interessant. Wie kommen Sie darauf?«

»Sie leben hier völlig abgeschieden von der Welt, von Menschen Ihrer Art . . .«

»Ich habe Ihnen noch nicht erzählt, weshalb ich hergekommen bin.«

»Nein, aber es gibt natürlich einen Grund dafür, und dieser Grund hat etwas mit Ihrer Vergangenheit zu tun. ›Es ist alles so lange her‹, sagten Sie, als ich Sie vorhin fragte. Sie haben nicht gesagt: ›Ich kam, weil das Klima mir zusagte‹ oder: ›Ich hatte hier meine Arbeit.‹ Sie hatten keinen vernünftigen Grund, der sich in einem Satz hätte erklären lassen.«

»Nun denn, in einem Satz: Ich kam, weil ich England so weit wie möglich hinter mir lassen, weil ich einen Winkel finden wollte, der so entlegen ist, daß niemand je von mir gehört hat. Genügt das?«

»Aber das ist es ja gerade: Sie haben die Vergangenheit eben nicht hinter sich gelassen. Unbewußt haben Sie sich einen Ort ausgesucht, der für Sie alle kennzeichnenden Merkmale des Zuhause hat.«

»Wie kommen Sie darauf?« fragte sie überrascht.

»Es ist doch ganz offensichtlich. Sie kommen in ein Land mit überwiegend mohammedanischer Mentalität, in dem die Frauen unterdrückt werden, so wie Sie als junges Mädchen im viktorianischen England unterdrückt wurden. Sie wählen einen Ort, dessen kahle braune Erde und weiter Himmel der Küstenlandschaft von Essex nicht unähnlich sind. Sie schaffen sich selber hier, wo die Sonne so stark ist, daß sie von durchbrochenen Mauern gefiltert werden muß, die Düsternis Ihres früheren Zuhause. Sie haben sich sogar in einiger Entfernung vom Dorf niedergelassen, so daß sie in bewußter Isolation leben können, ohne – wie Sie vorhin von sich erzählten – Besuche zu machen oder Besucher zu empfangen.«

Die alte Dame mit dem kräftigen Männerkopf und dem kurzgeschnittenen weißen Haar begann zu lachen; das lautlose, lang anhaltende Gelächter schüttelte sie geradezu.

»Wie scharfsinnig Sie sind, junger Mann! Wirklich erstaunlich scharfsinnig. Als Deduktion eine geniale Leistung«, brachte sie schließlich heraus. »Ich hatte keine Ahnung . . . wirklich erstaunlich, wie eins ins andere paßt . . . jetzt sehe ich endlich klar über meine eigene Person.« Sie fuhr mit der Hand über den Mund, als müsse sie ihre Heiterkeit wegwischen, und fuhr ernsthaft fort: »Warum aber soll es eine Katastrophe sein, wie Sie sagen, wenn ich hier glücklich bin?«

»Weil Sie eben nur hier glücklich sein können, wo Sie ungestört Ihr Phantasieleben führen können, wo Sie nie erwachsen zu werden und sich mit den Realitäten des Lebens auseinanderzusetzen brauchen. Sie sind nie Ihrer Kindheit entronnen, sie haben sich einfach in der Vergangenheit versteckt. Selbst als Sie glaubten, sich freigemacht zu haben, ließen Sie sich an einem Ort nieder, der Sie an die Vergangenheit erinnerte. Unbewußt wollten Sie eben immer wieder zurück.«

»Das klingt für meinen Geschmack etwas zu sehr nach Barrie«, widersprach Miss Hine ganz freundlich.

»Wie meinen Sie?« fragte er verdutzt.

»Peter Pan – der Junge, der nicht erwachsen werden wollte. Das Buch besagt, wenn man so will, daß es immer schon zu spät ist, praktisch von dem Augenblick an, da ein Mensch geboren wird.«

»Das habe ich nie behauptet, denn das wäre ja eine ganz negative und defätistische Einstellung. Man muß doch praktisch denken, muß lernen, das Leben mit Erwachsenenaugen zu sehen.«

»Ich fürchte, in meinem Alter tut man sich da schwer«, meinte Miss Hine sanftmütig.

Als jetzt vom Bogengang her ein Diener etwas meldete, fuhr der junge Mann unwillkürlich zusammen. Andererseits wurde er durch die Unterbrechung der Peinlichkeit enthoben, auf diese Bemerkung antworten zu müssen. Er wollte die alte Dame nicht kränken.

Alva Hine stand auf und ging voraus in einen Raum mit kuppelförmiger Decke und blauen Wänden, an deren oberer Kante ein Band mit arabischen Schriftzeichen entlanglief. Hier waren die Fenster schmal und durch schlanke Säulen zweigeteilt. Die Wirkung war graziös und harmonisch. An einer Wand hing ein herrlicher Teppich, der einzige Zimmerschmuck. Im Gegensatz zu europäischen Räumen störten auch keine Möbel den Blick – bis auf einen niedrigen Tisch, auf dem eine große getriebene Silberschale mit Melonen, Feigen, saftigen Pfirsichen und kleinen blauen Trauben stand.

Dem Beispiel der alten Dame folgend, hockte er sich, schwerfällig wie ein Kamel, auf sein Kissen, während ihm der Diener eine große Platte mit safrangefärbten Fleischstücken hinhielt, die auf einem Reisbett ruhten, umgeben von gedünsteten Guaven und schwarzen Oliven, und einen Duft nach Öl, Knoblauch und Gewürzen verströmten. Lancelot Jones merkte plötzlich, daß er schrecklichen Hunger hatte.

»Ausgezeichnet«, sagte er kauend; Saft rann ihm am Kinn herunter.

»Gedünsteter Hammel und Reis, wie bei uns zu Hause«, erklärte sie mit dem harmlosesten Gesicht von der Welt und fügte hinzu: »Deshalb mag ich es wohl so gern.«

Jetzt mußte er doch lächeln. »Sie haben Sinn für Humor«, stellte er fest.

»Den zumindest hatte ich als Kind noch nicht, ich habe ihn mir wohl erst später erworben. Wie Cousine Nell tadelnd zwanzigmal am Tag zu mir zu sagen pflegte: ›Lach, Kind, und die Welt lacht mit dir.‹ Und: ›Ein fröhliches Herz hat Gott gern.‹ Sie hatte immer irgendeinen passenden Spruch parat. Dabei war sie selbst gar nicht besonders fröhlich, die Ärmste, aber sie verstand nicht viel von Kindern und glaubte, auf diese Art ihre kleinen Fehler zurechtrücken zu können, ohne an den lieben Kleinen herumnörgeln zu müssen. Ich glaube, es wäre uns allen lieber gewesen, wenn sie ab und zu handgreiflich geworden wäre. Wir verachteten Cousine Nell. Sie war eine lästige alte Transuse, und da Kinder bekanntlich intolerant sind, fanden wir sie außerdem ein bißchen lächerlich. Sie war eine Cousine meiner Mutter, und nach Mamas Tod kam sie eigens aus Schottland, um uns zu betreuen. Sie kann sich unmöglich bei uns wohl gefühlt haben, denn keiner von uns dankte ihr ihre Bemühungen. Wir waren zwar nie direkt ruppig zu ihr und spielten ihr auch keine Streiche, aber wir ignorierten sie, und das war noch schlimmer. Ich staune heute noch, daß sie sich nie entmutigen ließ. Das muß wohl an ihrem ausgeprägten Pflichtbewußtsein gelegen haben. Als sie uns verließ, hat sie geweint. Aber wir auch«, setzte Miss Hine nachdenklich hinzu.

»Natürlich war sie eine hoffnungslose alte Jungfer. Sie muß etwa in Vaters Alter gewesen sein, um die fünfzig. Und doch, stelle ich mir vor, hatte auch sie ihre Träume, Hoffnungen und Ängste. Vater gegenüber benahm sie sich nie albern oder neckisch, sie war ein Muster an Wohlanständigkeit. Aber hätte es wohl all diese Eifersuchtsszenen zwischen uns gegeben, wenn sie nicht selbst ein bißchen in Vater verliebt gewesen wäre?

Daß wir Vaters Wünsche völlig gegensätzlich auslegten, war die Regel. Unsere Auseinandersetzungen endeten immer damit, daß ich wütend aus dem Haus stürzte. Ich ging dann stundenlang an der unruhigen See entlang oder lief über die Stoppelfelder, in deren dürren Böden sich Bäume festhielten, die aussahen wie verhutzelte alte Bauersfrauen, denen der scharfe salzige Wind die Röcke über den Kopf geweht hat.

Die Nacht brach herein, und die Käuzchen schrien, und ich hockte mich in die Dünen und sah, wie in den Häusern im Dorf das Licht anging und wartete, bis ich das Rollen von Papas Kutsche hörte. Dann nahm ich meine schweren Röcke mit dem feuchten, sandverkrusteten Saum in beide Hände, sprang im Fahren auf und setzte mich neben ihn. Und dann richtete er seine ernsten schwarzen Augen auf mich, mein zerzaustes Haar, mein blasses, erschöpftes Gesicht, aber er sagte nichts. Ich wußte nie, was er dachte. Prompt regte sich dann bei mir das schlechte Gewissen, ich war schrecklich verunsichert und platzte heraus: ›Ich war garstig, Papa.‹ Aber meist kam sofort der Vorwurf hinterher: ›Cousine Nell ist ein Biest. Ich hasse sie.‹ Papa sah mich in schmerzlichem Schweigen an, bis ich anfing zu weinen, dann nahm er mich in die Arme, strich mir übers Haar und sagte leise und traurig: ›Mein armes, kleines, mutterloses Mädchen.‹ Ja, das waren Höhepunkte in meinem Leben, diese Augenblicke, da ich ihm ganz nah war und mein Herz vor qualvoller Wonne zu zerspringen drohte. Einmal sagte ich leise: ›Ich wünschte, wir brauchten nie mehr heimzufahren.‹ Aber Papas Gedanken waren wohl schon bei seinem traurigen Zuhause, dem tröstlich flackernden Kaminfeuer, dem Sherry und der Zeitung, einem stillen, friedlichen Abend nach dem langen Tag in der City. Nach diesen Fahrten betrat ich an seinem Arm stolz das Haus, vermutlich anzusehen wie eine Vogelscheuche, aber selbstbewußt wie die Infantin von Spanien – nur in Schwarz! –, und warf Cousine Nell, die mit ihrem Nähzeug unter der Gaslampe saß, trotzig-herausfordernde Blicke zu. Am nächsten Tag war ich dann ausgesucht höflich zu ihr und sehr brav und fügsam. Meist sagte sie nur: ›Selbsterkenntnis ist der erste Weg zur Besserung!‹ oder: ›Die Rache ist mein, spricht der Herr . . .‹ Dabei machte sie ein so abwesendes Gesicht, als hätten diese orakelhaften Äußerungen überhaupt nichts mit unserem Problem zu tun.«

Die alte Dame griff nach einer in Ingwer eingelegten Melonenscheibe und fügte hinzu: »In diesem seltsamen Vakuum der Trauer um eine Tote lebten wir vier Jahre lang.«

2 Eine Kutsche im Regen

»Ja, vier Jahre«, wiederholte sie nachdenklich und wischte sich die Finger ab. »Ich war fast achtzehn, als uns die erste Ahnung einer bevorstehenden Änderung streifte. Jener Junitag ist mir noch deutlich im Gedächtnis. Den ganzen Tag war ein kalter Nieselregen gefallen, das Meer sah aus wie trübes Abwaschwasser unter dem bleiernen Himmel. Es war zu naß, um ins Freie zu gehen, und Edgar, der den ganzen Tag im Kinderzimmer eingesperrt war, benahm sich so ungebärdig, wie das nur ein kräftiger, gesunder Vierjähriger fertigbringt. Er warf Lucys Schulhefte aus dem Fenster in den nassen Garten, und als Lucy ihm einen Klaps gab, begann er zu brüllen. Er mochte nicht spielen, er mochte nicht lernen, er mochte nicht stillsitzen, um sich eine Geschichte erzählen zu lassen. ›Du bist ein unnützer, ungehorsamer, garstiger Junge. Warte nur, das soll Papa erfahren.‹ ›Verdammt‹, sagte Edgar, mit einem bösartigen Glitzern im Blick. ›Das ist die Höhe, du frecher Junge! Marsch, ins Bett mit dir . . .‹ –

›Verdammt, verdammt, verdammt, verdammt!‹ Edgar war offenbar auf den Geschmack gekommen. Jetzt half es wirklich nichts, das mußte Papa erfahren, und Papa würde sehr böse sein.

Aber Papa verspätete sich an diesem Abend, was für ihn ungewöhnlich war. Er war sonst von einer Pünktlichkeit, wie man sie Kant nachgesagt hat. Und das bei diesem Wetter . . . Vielleicht hatte es einen Unfall gegeben, vielleicht war der Wagen umgekippt, waren die Pferde durchgegangen . . . Mitten in unsere besorgten Gedanken hinein schloß es an der Haustür. Papa trat ein, leise durch die gespitzten Lippen pfeifend und übermütig mit den Schlüsseln in der Tasche klimpernd.

Wir waren überrascht. Ich verspürte so etwas wie Unbehagen, ja Bestürzung. Aber wir liefen alle auf ihn zu, wie brave Hennen, die den Herrn des Hühnerhofes begrüßen.

›Du kommst so spät, Papa. Was ist denn passiert?‹

Er sah ernsthaft auf die Uhr, erklärte, er habe sich genau um achtunddreißig Minuten verspätet; aber in seiner Stimme war ein Lächeln.

›Haben meine Küken sich Sorgen um ihren armen alten Vater gemacht? Hatten sie Angst, sie hätten den Ernährer verloren? Vielleicht darf der Vielgeplagte sich erst mal ein bißchen frisch machen, die nassen Stiefel ausziehen und sich am Feuer wärmen, ehe er von seinem Abenteuer erzählt?‹

Wir streichelten ihn und hätschelten ihn und hießen ihn sich ans Feuer setzen und brachten ihm ein Glas Madeira, und Lucy kniete sich zu seinen Füßen nieder, und ich lehnte mich an seinen Sessel, den Arm auf seiner Schulter, und Cousine Nell griff wieder nach ihrer Näharbeit, während Harry mit gekreuzten Beinen auf dem Teppich neben ihr saß.

Ich sehe es so deutlich vor mir wie ein Bild aus dem Familienalbum. Die glückliche Familie, wie sie im Buche steht . . . Vielleicht erinnere ich mich deshalb noch heute so lebhaft an diesen Abend, weil es praktisch der letzte war, den wir in dieser Harmonie verbrachten, an dem Papa noch ganz uns gehörte.

Und dann begann Vater uns von seinem so rührend braven Abenteuer zu erzählen. Als er aus dem Zug stieg, fand er auf dem Bahnsteig eine schöne Jungfer in Nöten vor, die hilflos dem Regen ausgeliefert, mit der einen Hand ihren breitkrempigen Hut festhielt und mit der anderen ihren Rock vor den Pfützen zu schützen suchte. Vater hatte ihr seinen Wagen angeboten, und nach einigem Zureden hatte sie sein Angebot angenommen. Er selbst hatte dann auf dem zugigen Bahnhof auf die Rückkehr des Wagens warten müssen.

›Warum bist du denn nicht mitgefahren, Papa?‹ fragte Lucy erstaunt.

›Es hätte sich nicht gehört, Kind‹, erklärte Papa milde.

›Ein richtiges Abenteuer war das eigentlich gar nicht‹, schmollte Lucy. ›Oder findest du, Harry?‹

Aber Papa lächelte nur, zupfte sie an den Locken und meinte, für richtige Abenteuer sei er zu alt. ›Und was sagt meine Große?‹ fragte er und wandte sich an mich.

Ich trank einen Schluck Madeira aus seinem Glas. ›Wer war sie, Papa?‹

›Keine Ahnung. Ich habe sie noch nie gesehen.‹

›Wie geheimnisvoll. Vielleicht ist sie aus einer Anstalt entwichen. Wie Wilkie Collins' *Frau in Weiß*.‹

›Sie war tatsächlich in Weiß‹, sagte Papa. ›Sie trug ein weißes Kleid mit schwarzem Samtbesatz und einen weißen Strohhut mit schwarzen Samtbändern.‹

Papa hatte sich bisher nie für modische Details interessiert. Ich spürte einen seltsamen Druck auf der Brust, und ich lachte und sagte: ›Bei diesem Wetter muß das recht albern ausgesehen haben.‹

Und dann wechselten wir das Thema und redeten von anderem, bis Papas Essen fertig war.

Ich hätte den Vorfall schnell wieder vergessen, hätte nicht Papa zwei Tage später einen in eleganter Schnörkelschrift geschriebenen Brief bekommen, der einen Dank für seine ritterliche Tat enthielt. Er reichte ihn mir herüber. ›Meine schöne Unbekannte.‹

Die Unterschrift – Sophia Falk – war schwungvoll wie die einer Monarchin unter einem Edikt und machte mir angst. ›Sie wohnt bei Mrs. Livingstone‹, sagte ich, weil mir nichts Besseres einfiel. Mrs. Livingstone kannten wir, sie war eine achtbare, aber mittellose Dame aus gutem Hause, die in einem heruntergekommenen Haus am Ende der High Street lebte, gleich neben dem Gaswerk. Wir verkehrten nicht mit ihr, aber ich wußte, daß sie sich bei Basaren und Wohltätigkeitsveranstaltungen nützlich zu machen pflegte und deshalb geschätzt wurde. Offenbar war sie jetzt genötigt, ›Sommergäste‹ aufzunehmen, wie Untermieter in jenen Tagen euphemistisch genannt wurden.

Ich fand es deshalb ziemlich keck, daß Miss Falk an Papa geschrieben hatte, obwohl sie ihm nicht offiziell vorgestellt worden war.

›Mag sein‹, meinte Papa nachsichtig, war aber offenbar nicht recht bei der Sache.

Als wir am Sonntag aus der Kirche in die Sonne hinaustraten, stürzte die kleine Mrs. Livingstone, die behandschuhten Hände wie zum Gebet zusammengelegt, auf Papa zu.

›Mein lieber Mr. Sheridan, ich danke Ihnen so sehr für die Freundlichkeit, die Sie meiner Nichte erwiesen haben. Wirklich sehr zuvorkommend.‹

›Das war also Ihre Nichte‹, sagte Papa.

›Ja. Komm her, Sophia, mein Liebes. Ein reizendes Mädchen. Und künstlerisch so begabt‹, sagte Mrs. Livingstone vertraulich. Ich beobachtete indessen Miss Falk, die mit züchtig niedergeschlagenen Augen und raschen, graziösen Schritten auf uns zukam, in dem bewußten weißen Kleid mit dem schwarzen Samtbesatz und einem züchtigen schwarzen Schutenhut, unter dem glattgescheiteltes rotes Haar zu sehen war. Ihr aufgespannter weißer Spitzensonnenschirm sah aus wie ein getrimmtes weißes Segel. Sie schaute Papa nicht an, als Mrs. Livingstone sie ihm vorstellte, sondern streckte ihm nur die kleine Hand im Glacéhandschuh hin und sagte mit einem angedeuteten Lächeln: ›So sehen wir uns also wieder.‹ Es klang – so kam es mir jedenfalls vor –, als fordere sie Papa auf, mit ihr zusammen über ihre Tante zu lachen, die noch immer eine Flut von Banalitäten von sich gab.

Sie war ein erstaunlich schönes Mädchen, und ich begriff nicht recht, daß sie mir trotzdem nicht gefiel, ja, daß mich bei ihrem Anblick eine unbestimmte Furcht ergriff.

›Das sind meine Kinder‹, sagte Papa. ›Blanche Rose, Lucy und Harry. Sie müssen einmal zum Tee zu uns kommen, wenn es Ihnen nicht zu langweilig ist. Meine Schwägerin wird Ihnen schreiben und einen Tag vorschlagen.‹

Miss Falk antwortete nicht, denn sie musterte mich oder vielmehr meinen Aufzug und mein Haar, und mir wurde bedrückend bewußt, wie unmodern mein schwarzes Kleid wirkte und daß der lächerliche Strohhut mit den Margeriten viel zu kindlich für mein ernstes junges Gesicht war. Ich hatte noch nicht gelernt, mit meinen langen Gliedern gewandt umzugehen, ich hatte ein ausgefranstes Loch in meinem Baumwollhandschuh, an dessen Fingerlingen ich während der Predigt herumzukauen pflegte, und Staub an den Schuhen, weil ich beim Laufen immer herumschlurfte wie ein Kind. Ich kam mir unsagbar dumm und häßlich vor unter Miss Falks kühlem Blick, der, ohne dem meinen zu begegnen, zu Lucy weiterwanderte. Auf deren Ausdruck rückhaltloser Bewunderung reagierte sie mit einem Lächeln, dessen voller Glanz erst Harry traf. Während ich die langgliedrige, linkische Figur eines Jungen hatte, war Harry ein hübscher Bursche mit zartem, mädchenhaftem Teint und Vaters schwarzen Locken. Sekundenlang sah Miss Falk Harry in die Augen. Ihr Lächeln war zärtlich, verständnisvoll und ein bißchen belustigt. Harry, der Ärmste, wurde rot bis über beide Ohren. Von diesem Moment an konnte sie mit ihm machen, was sie wollte.

›Du, ist die nicht pfundig?‹ flüsterte er mir zu, während wir uns in Bewegung setzten.

Ich gab keine Antwort. Ich wollte nicht, daß sie zum Tee kam, hütete mich aber, eine entsprechende Bemerkung zu machen, weil ich hoffte, Papa würde die Sache vielleicht vergessen, wenn nicht darüber geredet wurde. Wieso Papa die Einladung überhaupt ausgesprochen hatte, war mir unverständlich. Seit Mamas Tod war niemand zum Tee bei uns gewesen. Es war wohl nur so eine Idee, und wenn ich Glück hatte, verlief die ganze Geschichte im Sande. Aber beim Essen erzählte er Cousine Nell davon, und eine Woche später kam Miss Falk zum Tee.

Sie trug taubengraue Seide und einen grünen Hut mit einer Feder, um den ich sie glühend beneidete, obgleich ich ganz genau wußte, daß er mir überhaupt nicht gestanden hätte. Sie sprach nicht viel, musterte aber ihre Umgebung mit scharfem Blick. Ich führte sie herum. Es sei ein reizendes Haus, sagte sie.

›Das finden wir nicht‹, gab ich verächtlich zurück.

Sie verstünde etwas davon, versicherte sie und fügte, bescheiden den Kopf senkend, hinzu: ›Ich male nämlich Häuser.‹

So fremd waren mir die Feinheiten gesellschaftlichen Umgangs, daß ich unwillkürlich zu lachen anfing. Eine feine Röte stieg ihr in das blasse Gesicht. Sie biß sich auf die Lippen. Noch immer glucksend, versuchte ich mich zu entschuldigen. ›Es hat sich angehört, als ob . . .‹ Wie dumm das klang.

›Du machst dich über mich lustig‹ sagte sie so scharf, daß mir fast Tränen in die Augen stiegen.

›Ich wollte nicht –‹ begann ich erschrocken, aber sie fuhr mit eisiger Stimme fort:

›Woher solltest du auch wissen, was es bedeutet, wenn man mit etwas so Unzulänglichem wie einem Stift und einem Malkasten sein Brot verdienen muß? Gibt dir die Tatsache, daß du einen Vater hast, das Recht, auf mich herabzusehen, als sei ich nicht ebenso achtbar und wohlerzogen wie du?‹

›Aber ich habe doch gar nicht . . . ich . . .‹, stotterte ich. Die sanfte Stimme wühlte wie ein Messer in meiner Brust. Wir schlenderten so gelassen über den Rasen, daß niemand etwas von der Wut und der Demütigung ahnen konnte, die in uns tobten.

›Glaubst du denn, daß ein Mensch, der das Unglück hat, arm zu sein, weniger empfindlich ist als einer, der Geld hinter sich hat?‹

Ich begriff nicht, weshalb meine unbedachte Äußerung sie so in Zorn versetzt hatte.«

»Groll und Bitterkeit«, sagte Lancelot Jones halblaut und knackte einen Pfirsichkern mit den Zähnen.

»Natürlich. Aber ich war eben furchtbar ahnungslos. Junge Mädchen waren damals so. Außerdem hatte ich Angst vor ihr. Ich war oft genug hart angefaßt worden, manchmal ungerechterweise, aber noch nie hatte mir jemand blanken Haß entgegengebracht. Ich bekam regelrecht weiche Knie. Am liebsten hätte ich mich ins Haus geflüchtet, hätte mich auf dem Dachboden hinter Koffern und kaputten Stühlen und Mamas alten Kleidern versteckt.«

»Sie hätten nicht gern zurückgeschlagen?«

»Nein. Ich schämte mich.«

»Also schon damals waren da diese Hemmungen, sich aus dem Leben davonzustehlen. Es drängte Sie, sich zurückzuziehen, zurück in den Mutterleib, zu ungestörter Abgeschlossenheit.«

»Aber ich gab dieser Regung nicht nach«, sagte die alte Dame. »Ich ging bedrückt neben ihr her und hörte der bitterverächtlichen Stimme zu. War es denn meine Schuld, daß sie sich im Frühjahr bei einem Auftrag eine Rippenfellentzündung geholt hatte und sich deshalb ausgerechnet jetzt, während der für sie günstigsten Saison, zur Rekonvaleszenz zu ihrer Tante aufs Land hatte zurückziehen müssen? Während sie erzählte, langte ich im Vorbeigehen in das Buschwerk, das uns umgab, riß eine Handvoll Blätter ab und zerdrückte sie zwischen den Fingern. Bis heute regt sich in mir wieder dieses ratlose Schuldgefühl, wenn ich Lorbeer rieche.

Als Papa sich abends nach dem Verlauf der Teegesellschaft erkundigte, hörte ich mich fragen, ob er nicht bei Miss Falk ein Aquarell unseres Hauses, der *Grange*, in Auftrag geben wolle.

›Sie ist schrecklich arm‹, sagte ich leise, an seiner Uhrkette herumspielend. ›Und krank.‹ Er schien sich über meinen Vorschlag zu freuen. Der Vorwand kam ihm wohl gelegen.

Sehr bald sah man nun an jedem schönen Nachmittag von den vorderen Fenstern aus die zierliche Miss Falk in einem braunen Kittel auf ihrem Stühlchen sitzen, zum Haus hochschauen und das, was sie sah, auf einem Block festhalten, der auf ihren Knien lag.

›Ihr dürft sie nicht stören‹, sagte ich, aber die Kinder liefen herunter, sobald der Unterricht vorbei war, und vom Fenster des Schulzimmers aus sah ich sie mit Miss Falk lachen.

Harrys Steckenpferd war die Fotografie, und er machte sich stundenlang mit seinem Apparat zu schaffen, um genau aus dem Winkel, aus dem sie arbeitete, eine Aufnahme zu machen. Danach verschwand er auf weitere Stunden in seiner Dunkelkammer, experimentierte mit den verschiedensten Bädern und versuchte, die Aufnahmen auf das Format ihres Bildes zu vergrößern. Manchmal bereute ich es schon, daß ich den Vorschlag überhaupt gemacht hatte.

Oft war sie noch am späten Nachmittag, wenn Papa zurückkam,

fleißig bei der Arbeit. Dann ließ er sich seinen Madeira und ein zweites Glas für sie in den Garten hinausbringen. Er bildete sich wohl ein, es sei nur die Höflichkeit einer tapferen jungen Frau gegenüber, die ihn bewog, ihr teilnahmsvolle Fragen zu stellen, Fragen, die sie leichthin abwehrte oder umging. Was mich überraschte, war sein Lachen. Ich hatte ihn noch nie zuvor lachen hören, und der Schock ließ mich erstarren. Ich sehe ihn noch vor mir, wie er im Gras zu ihren Füßen saß und sie anlachte wie ein Junge, Staunen über sich selbst im Blick, während sie mit gesenktem Kopf den Pinsel über den unteren Rand des Bildes gleiten ließ, so daß ich ihr Gesicht nicht sehen konnte.

Ich war eifersüchtig und hatte Angst vor ihr, und gleichzeitig faszinierten mich ihre Eleganz und noch etwas anderes, was ich nicht hätte benennen können – ein Hauch von Grausamkeit. Wie die anderen wäre auch ich am liebsten ständig hinter ihr hergelaufen. Ich tat es oft heimlich, weil ich wußte, daß sie mich nicht mochte, und glaubte, sie würde mich verachten, wenn ich ihre Gesellschaft suchte. Aber daß ich ihr nachspionierte, wie sie behauptete, stimmte nicht. An jenem Tag war ich ihr nicht einmal gefolgt, es war purer Zufall, daß ich auf sie stieß, als sie in Gesellschaft eines jungen Mannes in den Dünen saß. Sie bohrte mit der Sonnenschirmspitze im Sand herum, während sie auf ihn einredete. Ich drehte mich sofort um und ging weg. Wie kam sie also darauf, sich zu beklagen, ich hätte ihr nachspioniert? Ich sprach sie nicht auf diese Begegnung an. Und wenn sie so harmlos war, warum hätte ich sie Papa gegenüber nicht erwähnen sollen?

Nach dem Abendgottesdienst trafen wir sie dann, als sie mit ihrer Tante und dem jungen Mann die Kirche verließ. Er war groß, auf eine geschmeidig-aristokratische Art arrogant und brachte es bei der Vorstellung fertig, sich in meine Richtung zu verbeugen, ohne mich zur Kenntnis zu nehmen. Er hieß Oliver Bridgewater und war, wie sie sagte, ein Vetter von ihr. Papa mochte ihn auch nicht, er nannte ihn einen Laffen. Mr. Bridgewater ließ sich nie wieder im Dorf sehen.

Der Sommer verging. Das Bild, in einem für die Pastellfarben zu schweren Goldrahmen, hing zwischen den Fenstern im Salon. Ich lernte es, mein langes schweres Haar aufzustecken. Ich war achtzehn. Miss Falk fuhr zurück nach London.

Im September reiste Papa für einen Monat in die Schweiz. Von Zeit zu Zeit bekamen wir bunte Postkarten mit liebevoll-nichtssagendem Text. Es sah Papa nicht ähnlich, keinen richtigen Brief zu schreiben. Meist bekamen wir von ihm, wenn er verreist war, lange Episteln mit genauen geographischen und historischen Schilderungen. Statt dessen kamen jetzt diese albernen, grellfarbigen Postkarten, auf denen als Absender nur »postlagernd« angegeben war. Harry löste die Marken für seine Sammlung ab, Lucy kopierte die Ansichten für ihr Album, und mir blieben die dürftigen Mitteilungen in seiner geliebten kleinen Schrift.

Als ich an einem Oktobertag am frühen Abend das Haus betrat, beladen mit Blättern, Beeren und Zweigen, die ich draußen gesammelt hatte, erwartete mich in der Diele Cousine Nell. Ihr Gesicht war aschfahl.

›Gott sei Dank, daß du da bist‹, flüsterte sie, packte mich am Arm und zog mich in ihr Zimmer. ›Die Kinder wissen es noch nicht.‹

›Es ist etwas mit Papa‹, stieß ich atemlos hervor.

›Ja, aber du darfst es nicht zu schwer nehmen, mein liebes Kind. Für ihn ist es besser so, und es ist sein Glück, an das wir denken müssen.‹

›Er ist tot‹, sagte ich gequält.

›Aber nein, nicht tot. Wie kommst du nur darauf? Aber lies selbst.‹ Sie drückte mir einen Brief in die Hand und hob ein Taschentuch ans Gesicht.

›Liebe Nell‹, schrieb Papa. ›Miss Falk hat mir die Ehre erwiesen, meine Frau zu werden. Wir wurden vor fünf Wochen getraut und treffen am siebten Oktober um fünf Uhr fünfundzwanzig wieder hier ein. Bitte schicke Thomas mit dem Wagen zur Bahn. Sophia ist eine große Nelkenfreundin, stelle doch welche in ihr Zimmer, ja? Natürlich wird sie Lauras Zimmer beziehen.

Ich möchte Dich bitten, diese meine Nachricht an Blanche Rose weiterzugeben; sie kann es dann den anderen so erzählen, wie sie es für richtig hält. Du, meine liebe Nell, die Du uns allen so treu gedient hast, darfst uns keinesfalls überstürzt verlassen. Nimm Dir nur Zeit mit Deinen Plänen.‹

Ich las nicht weiter, sondern zerknüllte das Blatt in meiner Hand und stand auf.

›Entschuldige die Tränen, Kind‹, sagte Cousine Nell naseschnaubend. ›Es war wohl der Schock. Mögen die beiden recht glücklich miteinander werden. Ich schreibe sofort an Elsbeth und frage sie, ob ich zu ihr kommen kann.‹

Ich fand plötzlich meine Stimme wieder. ›Du willst fort? Aber das darfst du jetzt nicht. Ich will nicht mit ihr allein bleiben.‹

›Aber Kind, du wirst ja nicht mit ihr allein sein. Und zuerst bin ich ja auch noch da. Dein Vater erwartet es von mir. Er müßte mich ja für undankbar halten, wenn ich jetzt fluchtartig das Haus verließe, und er soll nie erfahren, daß sein mangelndes Vertrauen mich doch sehr gekränkt hat.‹

›Liebe, liebe Cousine Nell, verlaß uns nicht‹, bettelte ich. ›Ich war oft garstig und rücksichtslos, das weiß ich wohl, aber ich will mich bessern. Ich könnte es nicht ertragen, wenn du weggehen würdest.‹

Ich merkte, daß sie eine überraschte Bewegung machte, aber dann sagte sie nur begütigend: ›Das geht nicht an, Kind. Du mußt einsehen, daß deine – daß –« Sie suchte vergeblich nach einem passenden Wort, gab es auf und fuhr fort: ›–daß sie den Haushalt nach ihren eigenen Vorstellungen wird führen wollen. Da bleibt für mich kein Platz. Das ist schon ganz in Ordnung so. Paß nur auf, du wirst noch Gefallen daran finden. Ohne mich seid ihr ja alles junge Leute.‹

›Bis auf Papa. Wie konnte er nur so etwas tun – in seinem Alter . . .‹

›Das verstehst du nicht, Kind, dafür bist du noch zu jung. Du darfst jetzt nur an sein Glück denken, Blanche.‹

›Und was ist mit mir?‹ stieß ich hervor wie ein trotziges Kind. ›Was ist mit meinem Glück?‹«

3 Mrs. Sheridan nimmt das Heft in die Hand

»Ich langweile Sie doch nicht?« unterbrach sich Miss Hine plötzlich.

»Ganz und gar nicht«, beteuerte Lancelot Jones höflich. »Macht es Ihnen etwas aus, wenn ich rauche?« Jetzt, nach dem Essen, war er schläfrig und nervös zugleich, und seine Gastgeberin hatte das unruhige Zucken seiner Beine und Schultern bemerkt.

»Aber nein, rauchen Sie ruhig«, sagte die alte Dame. »Ich hoffe nur, es ist nicht eines dieser kurzen, wenig wohlriechenden, maschinengefertigten Erzeugnisse, die für mich der Inbegriff aller Schrecken unserer modernen Zivilisation sind.« (Mr. Jones schob eilig sein Zigarettenetui wieder in die Jackentasche zurück.) »Haben Sie schon mal Wasserpfeife geraucht? Nein? Dann machen Sie mir die Freude und probieren Sie es jetzt. Sie werden mir recht geben, daß es ein ungleich größerer Genuß ist als die schmalen Dämpfe eures papiergerollten Tabakverschnitts.«

Ein Diener brachte die Pfeife und entzündete sie, und Miss Hine zeigte ihm, wie man sie rauchte. Als die Blasen aufzusteigen begannen, sog er den aromatischen Rauch ein und merkte bald, daß er angenehm ruhig, ja, fast ein wenig benommen wurde. Er spürte plötzlich, daß er diese ungewohnte Erfahrung genoß. Sein Ärger über den erzwungenen Zeitverlust, der ihn nötigte, sich die verschlungene Erzählung einer längst versunkenen Jugend anzuhören, zerstob in alle Winde und machte einer trägen Zufriedenheit Platz.

Die alte Dame faltete wiederum die molligen braunen Hände locker im Schoß und fuhr fort:

»Als Papa und meine Stiefmutter zurück waren, begriff ich, wie recht Cousine Nell gehabt hatte. Sie konnte nicht bleiben. Sophia wartete nur darauf, daß sie das Haus verließ, und zeigte es deutlich und mit unerschütterlicher Liebenswürdigkeit, wobei sie vorgab, sie beuge sich widerwillig Cousine Nells Wünschen. Als Papa erklärte, Nell dürfe nichts überstürzen, sie müsse wenigstens noch ein, zwei Monate bei uns bleiben, widersprach Sophia sanft. ›Das verstehst du nicht, Edward. Cousine Nell hat sicher ihre eigenen Pläne, sie freut sich gewiß, jetzt einmal ein Leben nach ihrem eigenen Geschmack führen zu können. Wir dürfen nicht so selbstsüchtig sein, nur an uns zu denken. Männer verstehen eben nichts von diesen Dingen‹, sagte sie zu Nell mit ihrem reizenden, glockenhellen Lachen.

Cousine Nell antwortete mit einer Schlagfertigkeit, die ich ihr nicht zugetraut hätte, daß dafür sie als Frauen sich wohl um so besser verstünden. Sophia lächelte, und damit war die Sache erledigt. Aber Cousine Nell war zutiefst verletzt, wir weinten alle, als sie abreiste, und brachten damit auch sie zum Weinen. Es tat uns jetzt leid, daß wir oft undankbar und lieblos gewesen waren. Junge Menschen haben ein sehr ausgeprägtes Rechtsgefühl. Selbst Harry, der auf seine jungenhafte Art für Sophia schwärmte, empfand die Ungerechtigkeit; trotzdem freute er sich, daß jetzt Sophia unumstrittene Herrscherin im Haus war.

Sie dachte sich wohl nichts dabei, aber ich fand es unverzeihlich, daß es Sophias erste Tat war, das Haus von Grund auf zu renovieren – jenes Haus, das für uns noch von Mamas Persönlichkeit geprägt war. Die Trauerfloratmosphäre machte roten Teppichen und Tapeten in Schilfgrün oder Silbergrau und goldgerahmten Spiegeln Platz. Das Haus war viel hübscher, viel heiterer geworden, und ich verabscheute die Neuerungen aus ganzem Herzen. Ich jedenfalls, beschloß ich, würde weiter Trauer tragen.

Ich muß zugeben, daß sie immer nett zu Harry war und erstaunlich geduldig, wenn man bedenkt, daß er ständig hinter ihr herlief. Wahrscheinlich amüsierten sie seine Begeisterungsfähigkeit und seine Ergebenheit. Sie fand immer Zeit, ihm für eine Aufnahme zu sitzen, was Lucy und ich überaus lästig fanden. Damals mußte man für eine Aufnahme minutenlang regungslos verharren; Momentaufnahmen gab es noch nicht. Und doch zeigten die Bilder, die er entwickelte, Sophia stets in lässiger Haltung, in einem Korbstuhl sitzend oder einen Glyzinenzweig bewundernd, wobei der Fall ihres Kleides einen heiteren Gegensatz zu der Strenge des Spaliers bildete. Abgesehen davon, daß die Aufmerksamkeit des Jungen ihrer Eitelkeit schmeichelte, glaube ich, daß sie Harry benutzte, um Papa die Macht vor Augen zu führen, die sie, seine Frau, über ihn hatte.

Bewußt oder unbewußt gelang es ihr stets, uns alle gegeneinander aufzubringen. So pflegte etwa Papa, wenn er in ein Zimmer kam, in dem Harry und seine Stiefmutter miteinander lachten, Harry mit einem scharfen Wort nach oben zu schicken, weil er sich die Haare kämmen sollte oder dergleichen. Dann wurde Harry rot, Sophia tätschelte ihm mitleidsvoll die Wange und beobachtete dabei aus dem Augenwinkel meinen wutschnaubenden Vater. Mir war es schrecklich, mit ansehen zu müssen, wie Papas hungrig-sehnsuchtsvoller Blick ihr folgte. Er erinnerte mich an Floss, unseren Spaniel, der sich so rasch einschüchtern ließ, daß es einem fast weh tat; sie hatten die gleichen dunkel-sprechenden Augen. Selbst vor uns konnte Papa die Hände nicht von ihr lassen, ihr Körper wirkte auf ihn wie ein Magnet, unwiderstehlich in seiner weißen, fernen Schönheit. Aber sie tat, als merke sie das gar nicht, sie blieb unberührt wie die Schneekönigin. Nur manchmal sah ich, wie sie ihn mit leisem Lächeln anblickte, und der Ausdruck in seinen Augen ließ mich beschämt den Blick abwenden. Dafür haßte ich sie. Und ich glaube wohl, daß sie sich über meinen Haß ebenso amüsierte wie über Harrys Bewunderung. Ich war, wie gesagt, unbeholfen und linkisch, und sie machte sich einen Spaß daraus, all meine wunden Punkte vor anderen bloßzustellen – und zwar mit dem freundlichsten Gesicht von der Welt. Wenn eine der nachmittäglichen Teegesellschaften zu Ende war, kam ich mir, von tausend Nadelstichen getroffen, wie eine Schneiderpuppe vor – nur nicht so hübsch oder so nützlich.

Es wunderte mich deshalb nicht wenig, daß sie eines Tages begann, mit Papa ernsthaft über meine Zukunft zu sprechen. Sie wolle für die Saison ein Haus in der Stadt mieten und mich in die Gesellschaft einführen, erklärte sie. Schon der Gedanke daran war mir schrecklich. Fast noch mehr als die Qualen, die dieses Unternehmen mit sich bringen würde, fürchtete ich das ständige Zusammensein mit Sophia. Aber ich wurde natürlich nicht gefragt, obgleich ich dem demütigenden Gespräch beiwohnen mußte, bei dem Sophias sanfte Entschlossenheit über Papas gereizte Weigerung, für etwas so Sinnloses Geld auszugeben, den Sieg davontrug.

›Sie ist achtzehn‹, sagte Sophia, ›und wir müssen etwas für das arme Kind tun.‹ (Sie nannte mich immer ›das arme Kind‹.) ›Was soll sonst aus ihr werden? Gewiß, leicht wird es nicht sein, einen Mann für sie zu finden, aber es ist unsere Pflicht und Schuldigkeit, wenigstens den Versuch zu unternehmen. Oder willst du sie am Ende für den Rest deines Lebens bei dir behalten?‹ Sie lächelte Papa an. Du weißt doch, daß es mein größter Wunsch ist, mit dir allein zu sein, schien dieses Lächeln zu sagen.

›Ich kann mir einfach nicht leisten, zwei Haushaltungen zu finanzieren. Und wer soll inzwischen die anderen Kinder betreuen?‹

›Aber Edward, begreifst du nicht, daß ich nur an deine Bequemlichkeit denke?‹ fragte sie mit einem ungeduldigen Unterton. ›Wir machen dieses Haus ein paar Monate zu, und die anderen Kinder nehmen wir mit, das kann ihnen nicht schaden. Sie sehen, Mr. Sheridan, ich nehme meine Stiefmutterpflichten ernst. Kinder in diesem Alter brauchen das wachsame mütterliche Auge, du ahnst ja nicht, wie raffiniert halbwüchsige Mädchen sein können.‹ Sie tat, als sei ich gar nicht im Zimmer.

Er würde es sich überlegen, versprach Papa.

Sophia senkte züchtig den Blick. ›Außerdem habe ich mir gedacht, daß ich dadurch meinem lieben Mann die ermüdende Zugfahrt zweimal am Tag erspare und er abends früher bei mir sein könnte. Auch das bedenke bitte bei deinen Überlegungen, Edward.‹

Dann schickten sie mich weg, und obgleich ich inzwischen schon ein großes Mädchen war, kletterte ich in den Wipfel der hohen Zeder hinauf, um mich dort, in ihrem bergenden Schatten, mit den quälenden Problemen der Zukunft herumzuschlagen. Was mochte Sophia bewogen haben, sich meinetwegen all der Mühe zu unterziehen, die mit einem Stadtaufenthalt zweifellos verbunden war? Vielleicht, überlegte ich, behagte dem Stadtkind das Landleben nicht, womöglich hoffte sie, mit dem Stadthaus die endgültige Übersiedlung der Familie nach London einleiten zu können. Ich selbst hatte Angst vor der Großstadt, schon der Gedanke an eine einzige ›Saison‹ mit Diner und Bällen erfüllte mich mit Entsetzen. Ich würde es nie lernen, dachte ich, mit Männern Konversation zu machen, und ich hatte nicht die Absicht, mich von Sophia in dieser Kunst unterweisen zu lassen – ausgerechnet von Sophia, deren bald schnippische, bald gefühlige

Bemerkungen ich rasch zu fürchten gelernt hatte. Ich betete, dieser Kelch möge an mir vorübergehen, aber ich betete vergebens.

Eines Abends erzählte Vater von einem Haus in Kensington Gore, das er sich angesehen hatte. Das Herz wurde mir schwer. ›Bitte nicht, Papa‹, sagte ich unwillkürlich. Papa wirkte verärgert, und ich blickte rasch auf meinen Teller herunter; er sollte nicht sehen, wie unglücklich ich war.

Erst am nächsten Sonntag, auf dem Weg zum Abendgottesdienst, bot sich die Gelegenheit, die Sache wieder zur Sprache zu bringen. Sophia war daheimgeblieben, weil sie Kopfschmerzen hatte, Lucy und Harry gingen voraus. Fast wünschte ich jetzt, ich hätte sie nicht darum gebeten, denn ich fühlte mich seltsam unbehaglich in Papas Gegenwart. Mit leisem Erschrecken wurde mir klar, daß wir zum ersten Mal miteinander allein waren, seit er wieder geheiratet hatte. Wir waren einander wohl unbewußt aus dem Weg gegangen. Ich hatte immer Angst gehabt, er könne mit mir über Sophia reden wollen. Nur weil es gar nicht anders ging, hatte ich heute die Gelegenheit zu einem Gespräch gesucht, und der Widerstreit zwischen eifersüchtigem Haß und eifersüchtiger Liebe, der jetzt in meinem Herzen tobte, überraschte mich selbst. Ich schwieg verlegen. Das Land leuchtete im Glanz der untergehenden Sonne. Der Ruf des Brachvogels erhob sich über den Feldern. Ich krampfte die Finger um das Gesangbuch und stieß hervor: ›Muß ich denn wirklich nach London, Papa?‹ Er schrak aus seinen Gedanken hoch, sah mich einen Augenblick abwesend an und sagte dann befremdet: ›Was soll diese Frage, Blanche Rose? Du weißt ganz genau, daß wir alle diese Mühen und Kosten nur deinetwegen auf uns nehmen.‹

›Aber ich würde so gern hier bleiben, Papa.‹

Ich müsse sehr dankbar sein für die Chance, die mir geboten werde, sagte er, und es sei sehr lieb von Sophia, sich so für mich einzusetzen. Nun müsse ich auch brav sein und ihr zeigen, daß ich das zu würdigen wisse. Ich müsse versuchen, Sophia eine echte Freundin zu sein; schließlich sei sie ja fast wie meine ältere Schwester, beinah selbst noch ein Kind, gerade erst vierundzwanzig, das liebe, tapfere Mädchen.

Ich hörte seine Worte, aber mein Herz erreichten sie nicht. ›Bitte führ mich nicht in die Gesellschaft ein, Papa‹, sagte ich. ›Das stelle ich mir ganz scheußlich vor.‹

›Schluß damit, Blanche‹, erklärte er streng. ›Ich werde sonst ernstlich böse. Außerdem ist es jetzt zu spät, noch darüber zu reden.

Das Haus ist bereits gemietet.‹

Ich spürte, daß ich totenblaß wurde. Ich blieb stehen, und die Kirchenglocken dröhnten in meinem Kopf. ›Ich flehe dich an, Papa‹, flüsterte ich, aber er mochte nichts mehr hören. Die Kirche vor uns, die Gestalten auf dem grasgesäumten Weg verschwammen mir vor dem Blick, während ich verbissen mit den Tränen kämpfte. ›Ich werde nie heiraten‹, erklärte ich in bitterem Trotz.

Er blieb stehen und wandte sich mir zu. Die Glocken waren verstummt. Und in die plötzliche friedvolle Stille hinein sagte er: ›Du wirst gut daran tun, diese Entscheidung noch einmal zu überdenken, liebe Tochter. Falls du nicht heiratest, wirst du dein Leben lang bei deiner Stiefmutter und mir daheim bleiben müssen. Ist das so erstrebenswert?‹ Dann drehte er sich um und ging weiter, und ich folgte ihm wie betäubt.

Ich gab meinen Protest auf. Bisher war mir noch nicht so recht klar geworden, daß seine Ehe mit Sophia etwas Endgültiges war, daß sie mir meinen Platz im Haus gestohlen hatte, daß ich zum Eindringling geworden war. Papa hatte recht, ich wollte nicht in diesem Haus bleiben, jahrein, jahraus als die altbackene, unerwünschte ledige Tochter hilflos Sophias Launen ausgesetzt.

So kam ich also nach London, verbrachte viele öde Stunden in den Anproberäumen der Schneiderin und viele trübe Nachmittage in unserer gemieteten Kutsche, in der Sophia und ich in Belgravia und Cadogan Square von Haus zu Haus fuhren, um unsere viertelstündigen Aufwartungen zu machen.

Das Stadthaus in Kensington Gore mit seiner altmodisch überladenen Einrichtung erinnerte mich ein bißchen an die *Grange* zu Mamas Lebzeiten, und voller Trotz erklärte ich, daß mir die verstaubten Portieren gefielen. Ich hatte sehr wenig Zeit für mich und kaum Zeit, mit Lucy und Harry im Schulzimmer zusammenzusitzen und Unsinn auszuhecken. Auch sie waren in London lange nicht so unternehmungslustig. Vielleicht lag es aber auch daran, daß sie erwachsener wurden. Meist ging ich zu ihnen, wenn Sophias Vetter, Oliver Bridgewater, zu Besuch kam, um Geschäftliches mit Sophia zu bereden. In der Regel ging es dann um Sophias Mutter, die irgendwo im Süden Londons lebte. Ich war immer heilfroh, wenn ich mich eine Weile zurückziehen konnte. Mr. Bridgewaters gleichgültige Überlegenheit und sein gelangweiltes Gehabe schüchterten mich ein. Selbst Sophia behandelte er mit fast verletzender Gleichgültigkeit, was sie ihm mit gleicher Münze heimzahlte. Er kam oft zu uns, wurde zu

Sophias Abendgesellschaften eingeladen (wo der Ärmste meist mich zu Tisch führen mußte) und begleitete uns manchmal auf unseren Ausfahrten. Obgleich sie so häufig zusammen waren, hatte ich den Eindruck, daß zwischen ihnen fast so etwas wie Feindseligkeit schwang. Sie redeten in kühlem Ton miteinander, wie höfliche Gegner, die es vermieden, sich in die Augen zu sehen.

Die Saison begann, und ich bekam die ersten Einladungen zu Bällen. Stunden verbrachte ich unter der Brennschere, ließ mir das Haar zu unkleidsamen Löckchen krausen und schmerzhaft mit Nadeln hochstecken. Ich mußte weiße Musselinkleider tragen, die mir nicht standen, nur weil Musselin als so passend für junge Mädchen galt. Jeder Protest war sinnlos, aber mein verdrießliches Gesicht verriet, was ich davon hielt, als dumme Gans herausgeputzt zu werden. Fast täglich galt es diese Torturen zu überstehen, und Sophia sorgte dafür, daß ich nie vor eins heimgehen konnte. Daß man so tun mußte, als hätte man Spaß an diesen verlorenen Abenden, war selbstverständlich. Für mich bestand ein Ball aus endlosen Viertelstunden, in denen ich an der Wand lehnte und mit gefrorenem Lächeln die Tanzenden beobachtete. Auch wenn ich dann glücklich doch einmal aufgefordert wurde, erging es mir nicht viel besser. Ich war keine gute Tänzerin, viel zu steif und gehemmt (nur daheim, im Garten oder auf dem Dachboden, wenn ich allein war, konnte ich in plötzlichem Überschwung des Gefühls froh und ausgelassen herumtanzen). Und die Kunst, leichte Konversation zu machen, meisterte ich nie. Auf einen Tanzpartner allerdings war Verlaß. Oliver Bridgewater opferte sich stets zu einigen Tänzen mit mir. Es war eine gewisse Erleichterung, daß er keine Unterhaltung von mir erwartete, wahrscheinlich, dachte ich mir, war ihm das Tanzen wichtiger als das Reden. Zweimal führte er mich auch zu Tisch, als er sah, daß ich noch keinen Partner hatte. Dafür war ich ihm dankbar, obgleich ich ihn noch immer nicht sonderlich sympathisch fand.

Ich hatte nie zu ergründen versucht, weshalb er so oft mit mir tanzte. Spaß schien es ihm nicht zu machen – er wirkte immer überaus gelangweilt –, und so sagte ich mir, daß er wahrscheinlich Sophia einen Gefallen damit hatte tun wollen. Um so erstaunter war ich, als er eines Abends meine Hände nahm und ein wenig atemlos fragte: ›Blanche Rose, würden Sie – könnten Sie mich heiraten?‹ Ich machte mich rasch los und wurde dunkelrot, überzeugt davon, daß er sich einen Spaß mit mir machen wollte.

›Ich meine es ernst‹, sagte er.

Vor Aufregung traten mir Tränen in die Augen. ›Ich weiß nicht‹, sagte ich. ›Ich habe mir das noch nie überlegt. Ich hatte keine Ahnung . . . Nein, ich glaube nicht, daß ich das könnte.‹

›Sie brauchen mir jetzt keine Antwort zu geben‹, sagte er. ›Überlegen Sie es sich, Blanche Rose, ich bitte Sie. Ich würde mir die größte Mühe geben, Sie glücklich zu machen.‹

›Es – es ist eine Ehre für mich, aber – nein, es tut mir leid, ich weiß nicht, was ich sagen soll.‹ Ich spielte an den Rüschen meines Musselinkleides herum. Dieser erste Heiratsantrag meines Lebens hatte mich so enttäuscht, daß sich mein Herz schmerzlich zusammenzog.

Ich entfloh und sagte meiner Stiefmutter, ich fühlte mich nicht wohl und wollte nach Hause. Ich hatte den Eindruck, daß sie mich ein wenig sonderbar musterte, aber sie sagte nichts. Auf der Heimfahrt saßen wir eine ganze Weile schweigend nebeneinander.

Plötzlich brach es aus mir heraus: ›Oliver hat mich gebeten, ihn zu heiraten.‹

›Und was hast du geantwortet?‹ wollte meine Stiefmutter wissen. Sie schien nicht überrascht zu sein.

›Ich kann ihn nicht heiraten‹, sagte ich verzweifelt. ›Und das habe ich ihm auch gesagt.‹

Sie zuckte die Schultern. ›Du mußt natürlich wissen, was du tust. Aber ich würde es für sehr töricht halten, wenn du aus einer kindischen Laune heraus einen ernstgemeinten Heiratsantrag abschlagen würdest.‹ Sie warf mir einen raschen Seitenblick zu. ›Du mußt zugeben, daß du bisher nicht gerade ein überwältigender Erfolg warst, mein armes Kind.‹

›Gerade deshalb ist es mir ja so rätselhaft, weshalb er mich heiraten will.‹

›Die passende Partnerin ist für einen aufstrebenden jungen Juristen sehr wichtig. Eine intelligente Frau kann ihrem Mann von großem Nutzen sein.‹

›Aber er liebt mich nicht.‹

›Mein armes Kind, was verstehst du denn davon?‹

›Er hat nie – ich weiß nicht, wie ich es beschreiben soll – er hat nie etwas gesagt, was Männer sagen, wenn sie . . .‹, stotterte ich.

›Wahrscheinlich ist er zu schüchtern. Und sicher wollte er dich auch nicht verschrecken. Außerdem ist das nicht das A und O einer Ehe.‹ Sie sah aus dem Fenster auf die Gaslaternen am Straßenrand. ›Manchmal kann Liebe eine Ehe zerstören.‹

Nachdem ich mich an jenem Abend ausgezogen hatte, ging ich noch stundenlang in meinem Zimmer auf und ab und rang um eine Entscheidung. Nach dem Gespräch mit Papa hatte ich mir geschworen, den ersten besten Mann zu heiraten, der um mich anhalten würde. Aber jetzt, da der entscheidende Augenblick gekommen war, scheute ich vor dem Sprung ins Ungewisse zurück. Oliver hatte mich immer etwas eingeschüchtert. Vielleicht lag das aber auch nur an seiner Beziehung zu Sophia. Nachdem ich wußte, daß er mich gern hatte, war er mir schon viel sympathischer. Denn wenn er um mich anhielt, mußte er mich doch zumindest gern haben. Daß ich so oft für ihn Luft gewesen war, konnte tatsächlich an seiner Schüchternheit gelegen haben. Mit seinem gepflegten Äußeren, den kecken grünen Augen und dem schön geschwungenen, blassen Mund war er durchaus ein gutaussehender Mann. Es hieß von ihm, er sei begabt, aber faul. Er hatte gerade seine juristische Ausbildung beendet und half in einer Anwaltskanzlei beim Abfassen von Schriftsätzen. Wenn er erst verheiratet ist, wird er sich die Faulheit schon abgewöhnen, dachte ich. Ich hockte mich aufs Bett und schlug die Arme um die Knie. Ich würde meinen eigenen Hausstand haben, würde nicht mehr von Sophia abhängig sein. Ich würde nicht mehr mit ansehen müssen, wie sie Papa mit lächelndem Gesicht peinigte, würde nicht mehr ständig daran denken müssen, daß sie, die böse Stiefmutter, mich aus seinem Herzen verdrängt hatte. Ich legte mich ins Bett und schlief sofort ein.

Als am nächsten Tag Nelken bei uns abgegeben wurden, dachte ich zuerst, sie seien für Sophia. Aber sie waren für mich, ein Brief von Oliver lag bei. Ich bat das Mädchen, die Blumen ins Wasser zu stellen und wandte mich ab. Meine Entschlossenheit war ins Wanken geraten. Am Abend kam er selbst. Einen Augenblick zögerte ich, dann zwang ich mich, zu ihm zu gehen und ihm für die Blumen zu danken.

Er verbeugte sich ernsthaft. ›Ich hoffe, sie haben Ihnen gefallen.‹

›Ich mag Nelken nicht‹, sagte ich, mich meiner Schroffheit schämend. ›Bitte schicken Sie mir nie wieder welche.‹

›Wie dumm von mir. Bitte verzeihen Sie mir, Blanche Rose. Natürlich hätte ich Ihnen weiße Rosen schicken sollen. Würden Sie einen Strauß weißer Rosen als Friedensangebot akzeptieren?‹ Das sagte er sehr charmant, mit einem für ihn ungewohnten Lächeln.

Ich gab das Lächeln schüchtern zurück.

Wir standen uns einen Augenblick stumm gegenüber; mir kam es vor wie eine kleine Ewigkeit. Und er sah mich an, als sähe er mich zum ersten Mal. Ich wußte, daß ich schlecht frisiert war, daß meine Züge zu scharf waren, für den Zeitgeschmack bereits zu viel Charakter zeigten, aber ich hielt meinen Kopf stolz erhoben und ertrug seine Musterung, so gut es eben gehen wollte. Dann beugte er sich unerwartet vor, drehte mein Gesicht zu sich herum und küßte mich auf den Mund. Es war mein erster Kuß, und der kühle Druck seiner Lippen war mir nicht unangenehm, aber wichtiger als der Kuß war mir in der Verwirrung meiner Gedanken und dem Jagen meines Herzens die Tatsache, daß Olivers Zylinder in einem Halbkreis über den Mosaikboden direkt dem Stubenmädchen vor die Füße gerollt war, das sich, ein verschlagenes Lächeln unterdrückend, nach dem Hut bückte. Ich wußte genau, was sie in diesem Augenblick dachte: Schau an, die kleine, unscheinbare Miss Blanche . . . Und ich schämte mich sehr. Nur vorwitzige junge Mädchen ließen sich von fremden Herren küssen, und ich hatte keine Ahnung, wie weit ich mich durch diesen Verstoß gegen die guten Sitten kompromittiert hatte. In meiner rührenden Unwissenheit bildete ich mir ein, jetzt in der Falle zu sitzen. Voller Zorn und tief gedemütigt machte ich mich los.

›Das hätten Sie nicht tun dürfen‹, fuhr ich Oliver an. ›Sie hatten kein Recht dazu. Es war gemein. Sie haben gesagt, Sie würden meine Entscheidung abwarten.‹

Er lachte belustigt auf. ›Meine weiße Rose zeigt ihre Dornen. Sollte ich dich um die Erlaubnis bitten, ehe ich dich küsse? Du hättest es mir ja doch nur abgeschlagen – oder?‹

›Wenn man verlobt ist, sieht das natürlich ganz anders aus.‹

Er griff nach meiner Hand. ›Aber wir können uns doch verloben, sobald du ja sagst, und dein Vater seine Einwilligung gibt. Und ich habe gedacht, du wolltest mir einen Korb geben, du Grausame. Warum hast du mich so erschreckt?‹ Sein Lächeln war schmal und spöttisch.

›Es kam so plötzlich‹, beklagte ich mich. ›Ich hatte ja keine Ahnung, daß du mir einen Antrag machen würdest. Du warst immer so . . . du hast mich nie beachtet. Ich weiß ja überhaupt nicht, wieso du mich heiraten willst.‹

›Wieso, meine unschuldige kleine Rose, will ein Mann wohl eine Frau heiraten?‹

›Vermutlich aus Liebe. Aber ich glaube nicht, daß du mich liebst.‹

›Weshalb sollte ich dich sonst heiraten wollen?‹

Ich fand mich nicht mehr zurecht. Aber was wußte ich schon von der Liebe? ›Dann – dann sind wir also verlobt?‹ fragte ich unsicher.

›Es sieht ganz danach aus‹, antwortete er mit leiser Ironie.

4 Ihre Vermählung geben bekannt . . .

Der Zustand des Verlobtseins war angenehm, aber ziemlich verwirrend. Ich wurde plötzlich viel wichtiger genommen, man fragte mich nach meiner Meinung wie einen richtigen Erwachsenen. Offensichtlich galt die Verlobung als ein Triumph des häßlichen Entleins. Ich war Bewunderung nicht gewöhnt, und diese unerwartete Anerkennung verunsicherte mich. Ich hatte das unbehagliche Gefühl, daß es unverdiente Lorbeeren waren, auf denen ich mich ausruhte.

Dabei sah es zunächst gar nicht nach einem Happy-End aus. Papa verweigerte die Einwilligung. Er verbot Oliver das Haus. Er sei keine passende Partie für mich, nicht der Mann, den er sich für seine Tochter vorgestellt habe, erklärte mein Vater. ›Er wird dich nicht glücklich machen können‹, sagte er.

›Zumindest werde ich glücklicher sein als zu Hause bei dir und Stiefmama‹, gab ich schroff zurück.

›Du weißt nicht, was eine Ehe bedeutet, Kind‹, stellte Papa mir vor. ›Du ahnst ja nicht, wie schrecklich eine unglückliche Ehe sein kann.‹

Ich könne nicht einsehen, weshalb ich unglücklich werden sollte, erklärte ich eigensinnig. Ich wollte Oliver heiraten, ich war sehr stolz darauf, daß er bereit war, mich zu heiraten, und Papas Ungerechtigkeit festigte nur noch meine Entschlossenheit. Ohne seinen Widerstand wäre ich vielleicht doch schwach geworden und hätte einen Rückzieher gemacht. Ich zerdrückte ein paar Zornestränen.

›Wenn du älter und mit dem richtigen Mann glücklich geworden bist‹, sagte Papa freundlich, ›wirst du mir dankbar sein. Ich leugne nicht, daß der junge Bridgewater Charme hat und gut aussieht, aber für einen Ehemann ist das nicht genug. Er muß auch seine Familie ernähren können, und ich muß gestehen, daß ich in dieser Hinsicht kein Vertrauen zu seinen Fähigkeiten habe.‹

›Alle sagen, daß Oliver ein brillanter Jurist ist‹, erklärte ich stürmisch.

›Er ist siebenundzwanzig, da reicht es nicht mehr, wenn die Leute von ihm sagen, er sei ein vielversprechender junger Mann, da wird es Zeit, daß er sein Können auch unter Beweis stellt.‹

›Du magst ihn nicht‹, sagte ich mit einem seltsamen Gefühl des Triumphes. Die Erkenntnis erfüllte mich mit wilder Freude. Ich war froh, daß Papa gegen die Heirat war, ich war froh, daß er Oliver nicht mochte, ich war froh, daß diese Verbindung ihn unglücklich machen würde. Auge um Auge, Zahn um Zahn. Ich merkte jetzt, daß es in meiner Macht lag, meinen Vater ebenso tief zu verletzen, wie er mich verletzt hatte.

›Mein liebes Kind, es geht nicht darum, ob ich ihn mag oder nicht mag‹, sagte er geduldig. ›Ich muß ihn ja nicht heiraten. Aber es ist meine Pflicht, dafür zu sorgen, daß meine Tochter nicht in die Hände des falschen Mannes gerät.‹

›Du hattest mir gesagt, ich sollte mir einen Mann suchen. Jetzt habe ich einen gefunden, und da ist es der Falsche‹, maulte ich.

Er versuchte es anders. ›Wenn du diesen Mann wirklich liebst, Kind, müßtest du begreifen, daß es nicht fair von dir wäre, ihn zu heiraten. Für eine junge Familie sorgen zu müssen, ist am Anfang einer Karriere eine schwere Belastung. Er sollte sich nach einer Braut umsehen, die eigenes Vermögen besitzt.‹

›Oliver ist kein Mitgiftjäger‹, sagte ich verächtlich und triumphierend zugleich.

›Mag sein.‹ Sehr überzeugt klang das nicht. ›Fest steht, daß du kein eigenes Vermögen hast. Aber wie wollt ihr leben, wenn ich dich nicht unterstütze? Oliver hat ja nichts.‹

›Etwas Geld muß er doch haben.‹

›Er hat nur das, was er für seine Arbeit bekommt. Ich habe mich erkundigt: Er faulenzt. Im letzten Jahr hat man ihm Chancen in drei Anwaltskanzleien geboten, aber jedesmal hat er nach ein paar Monaten wieder aufgegeben. Von dem, was er verdient, kann er bestenfalls die Droschkenfahrten bezahlen. Ahnst du überhaupt, meine kleine Blanche, welche Summen junge Männer seines Schlages bei Schneidern und Hutmachern und Weinhändlern lassen? Wer soll das alles finanzieren? Dein Vater, der noch weitere drei Kinder großzuziehen und eine Frau zu ernähren hat? Es kann sogar sein – nun ja, eigentlich spricht man mit einem jungen Mädchen nicht über solche Dinge . . .‹ Papa machte ein verlegenes Gesicht. ›Es kann sein, daß Gott uns – ich meine . . . daß du noch Geschwister bekommst . . .‹

›Ist es meine Schuld, daß du noch einmal geheiratet hast? Warum soll ich unglücklich werden, weil du und Stiefmama – weil ihr euch vielleicht noch weitere Kinder anschafft? Wir waren zuerst da.‹

Er hatte mit dem Rücken zum Fenster gestanden und geduldig, aber aufreizend selbstsicher mit mir argumentiert. Jetzt aber war auch in ihm der Zorn erwacht. Ich erbebte. Das war mein strenger Papa, den ich fürchtete und verehrte und liebte.

›Geh auf dein Zimmer‹, sagte er mit leiser, drohender Stimme. ›Ich will nichts mehr hören. Und von Heiratsplänen wird nicht mehr geredet, verstanden?‹

Ich gehorchte stumm, aber in mir empörte sich alles gegen diese Ungerechtigkeit. Ausgerechnet Sophia ermutigte und unterstützte meine Auflehnung. Es war schon sonderbar, die frühere Feindin auf meiner Seite zu finden. Aber ohne sie hätte ich mich nie durchsetzen können. Ich glaube, sie legte großen Wert darauf, daß ich Oliver heiratete. Vielleicht ging es ihr darum, dieses mürrische Mädchen endgültig loszuwerden. (Sie mußte dann immer noch Lucy unter die Haube bringen, die aber im Gegensatz zu mir ein hübsches, gefügiges Kind war.) Es war Sophia, die meinen Vater umstimmte; mit welchen Listen sie das schaffte, ahne ich nicht.

Papa fand sich endlich zu einer widerwilligen Zustimmung bereit, machte aber eine lange Verlobungszeit zur Bedingung, die ihm wohl selbst Sophia kaum hätte ausreden können. Doch Papa mußte unerwartet ins Ausland, und Sophia sollte ihn natürlich begleiten. In den Teepflanzungen von Ceylon – oder war es Burma? – hatte es Ärger gegeben; er wollte eine ausgedehnte Inspektionsreise machen und würde mehrere Monate, vielleicht sogar ein Jahr lang nicht nach Hause kommen.

Sophia bestand darauf, daß ich vorher heiraten sollte (wir waren unmittelbar nach Olivers Antrag nach Essex zurückgefahren, um mich nicht durch seinen Anblick zu ermutigen. Später, als Papa sich mit der Verlobung einverstanden erklärt hatte, durfte er mich manchmal besuchen, und Sophia leistete uns Gesellschaft und half uns dabei, höfliche Konversation zu machen. Ich kann mich nicht erinnern, daß er mich vor unserer Heirat noch einmal geküßt hätte – mit einer Ausnahme: Als er mir in Sophias Gegenwart den Verlobungsrubin an den Finger steckte.) Ich erzähle das, damit Sie sehen, wie klösterlich junge Mädchen in den fernen Tagen meiner Jugend erzogen wurden.

Sie müsse jede Verantwortung ablehnen, erklärte Sophia, wenn ich ohne eine geeignete Anstandsdame in England zurückbliebe. Die Vorstellung, ich könne mit meinem Verlobten ohne Zeugen im gleichen Zimmer sitzen, verletzte offenbar ihr Anstandsgefühl. Das dürfe nicht geschehen, sagte sie zu Papa. Junge Mädchen seien ja so raffiniert, es sei einfach kein Verlaß auf sie. Und wenn später aus irgendeinem Grunde die Hochzeit nicht stattfinden könne, sei mein guter Name ruiniert und meine Aussichten seien für immer dahin.

Wenn wir dagegen bereits verheiratet seien, fügte sie pfiffig hinzu, könnten wir in der *Grange* unseren jungen Hausstand gründen, und ich könnte gleichzeitig auf meine Geschwister achten. Dadurch könnte sich Papa die Kosten einer Betreuerin sparen, überdies sei es gewiß schwierig, jemanden zu finden, der so zuverlässig sei wie Cousine Nell.

Ich wußte nicht recht, wie ich mich in dieser Sache verhalten sollte. Inzwischen wünschte ich mir sehr, zu heiraten und alles hinter mich zu bringen. Andererseits war ja gerade die Aussicht der Trennung von der *Grange* mit all ihren Erinnerungen, von Papa, von Sophia, von all dem, was jetzt noch Zuhause für mich bedeutete, ein wesentlicher Anreiz für meine Eheschließung gewesen. Der Gedanke, mein neues Leben in der *Grange* zu beginnen, war mir schrecklich und erschien mir als schlechtes Vorzeichen. Aber ich mußte entweder darin Sophia den Willen lassen oder mich auf eine schier endlose Verlobungszeit einstellen. Natürlich gab ich ihr Rückenstärkung, natürlich beteuerte ich, ich würde mich um Lucy, Harry und Edgar kümmern, natürlich sagte ich, ich wolle sofort heiraten. Und ich war heilfroh, daß auf diese Weise die Trauung im kleinsten Kreise stattfinden konnte.

Oliver und ich machten unsere Hochzeitsreise nach Venedig. Wir hatten vorgesehen, unmittelbar vor Papas und Sophias Abreise nach Essex zurückzukehren.

Daß es Ehen gibt, die eine Hochzeitsreise, jene Zeit der Enttäuschung und Langeweile, unbeschadet überstehen, ist für mich das reinste Wunder. Nur aufrichtig Liebende vermögen die barbarische Grausamkeit zu überleben, mit der sie auf Zeit aus der Gesellschaft ausgestoßen und zu zweit ins Exil geschickt werden. Für zwei Menschen, die sich gänzlich fremd sind, kann es unmöglich ein Vergnügen sein, Tag und Nacht in engster körperlicher Gemeinschaft, ohne Ablenkung durch Dritte, zu verbringen. Oliver und ich jedenfalls wußten nichts miteinander anzufangen. Ich fühlte mich sehr unbehaglich in seiner Gesellschaft. Ich wußte nicht, worüber Eheleute reden, wenn sie allein miteinander sind. Er bemühte sich kaum, mich zu unterhalten, verhielt sich entweder gleichgültig oder brütete vor sich hin. Fragen, die ich zu unserer Umgebung hatte, beantwortete er stets sehr höflich, wies mich aber nie von selbst auf Sehenswürdigkeiten hin.

Der Gedanke, daß ich ihn wohl irgendwie enttäuscht hatte, daß er es schon bereute, mich geheiratet zu haben, machte mich sehr unglücklich. Ich war bemüht, meinen Teil des Abkommens einzuhalten, da er mir doch die Möglichkeit gegeben hatte, Sophias bedrükkender Herrschaft zu entrinnen. Ich kam nie auf den Gedanken, mich zu fragen, ob ich ihn liebte. Ich war in dem Glauben aufgewachsen, daß Eheleute einander gewissermaßen automatisch lieben, daß aus dem Wunder der Ehe sich die Liebe von allein ergibt. Da ich nun einmal mit ihm verheiratet war, hielt ich es für selbstverständlich, daß ich ihn liebte.

»Wie unendlich rührend sind doch junge Menschen«, seufzte die alte Dame. »Es ist eine alte, immer gleiche Geschichte – und doch ist sie für die Betroffenen immer wieder neu. Ich meine das unglückselige Blatt Papier, das der Ehefrau zufällig unter die Augen kommt.« Sie hob leicht die Hände und ließ sie wieder in ihren breiten Schoß fallen. »Es passierte an einem Abend, als ich auf unser Zimmer gegangen war, um mich zum Essen umzuziehen. Oliver war schon unten, ich wollte rasch noch einen Brief schreiben. Seine Jacke lag auf dem Boden, er war ein hoffnungslos unordentlicher Mensch, und ich hob sie auf und schüttelte sie glatt. Ich habe nicht seine Taschen durchsucht, so etwas wäre mir nie eingefallen. Der Brief flatterte beim Schütteln heraus. Selbst dann hätte ich mir nichts dabei gedacht, wäre mir nicht die schwungvoll geschnörkelte Handschrift aufgefallen. Ich bückte mich. ›Mein liebster Noll‹ las ich – und sah, daß das Blatt in meiner Hand zitterte. Das Schreckliche an den Worten war, daß sie so unvertraut klangen. Nie hatte sie meinen Vater ›Liebster‹ genannt, und ich hatte auch nie gehört, daß sie Oliver mit Noll angeredet hätte.

Ich ging zur Tür und drehte den Schlüssel herum, dann faltete ich das Blatt auseinander.

Ich hatte nie im Leben einen Liebesbrief erhalten. Woher wollte ich wissen, daß dies einer war? Von Liebe war nicht die Rede darin. Nur einmal unterbrach dieses ›Mein liebster Noll‹ den Verlauf des sachlich-zynischen Textes wie ein gequälter Aufschrei. Gleich darauf tadelte sie sich für diesen Augenblick der Schwäche. Sie weigere sich, mit dem Schicksal zu hadern, schrieb sie, das Schicksal sei doch nur ein alter Brummbär, eine Erfindung von Feiglingen, mit denen diese ihren Mangel an Unternehmungsgeist entschuldigten. Er müsse Geduld haben, Geduld und abermals Geduld. Sie wisse, was sie tue – und seien nicht seine Interessen auch die ihren? Die Unterschrift lautete ironisch: ›Cousine‹. Aber ich wußte natürlich, von wem der Brief war – auch ohne Namen.«

Lancelot Jones, der sehr für Fakten war, vergewisserte sich: »Der Brief war also von Sophia?«

»Haben Sie nicht zugehört?« fragte die alte Dame gereizt, wie eine Lehrerin, die einen dummen oder faulen Schüler zurechtweist.

»Natürlich war er von Sophia. Hätte sie nicht die ›Cousine‹ in Anführungszeichen gesetzt, hätte ich vielleicht nie erfahren, daß sie nicht verwandt waren.«

»Na, hören Sie mal«, protestierte er. »Es gibt viele Leute, die förmliche Anreden gerade dann lieben, wenn sie sich in Wirklichkeit sehr nahe stehen. War es nicht ein bißchen voreilig zu folgern, daß sie nicht Vetter und Cousine waren? Warum sollten sie so tun, als ob sie es wären, wenn es gar nicht stimmte?«

»Können Sie sich das nicht denken? Glauben Sie wirklich, ich hätte diesen Verdacht aus der Luft gegriffen?«

»Wenn Sie außer dem Brief nichts in der Hand hatten, war Ihre Interpretation wirklich etwas hysterisch, das muß ich allerdings sagen.«

»Wie meinen Sie das?« fragte sie überrascht.

»Sie kamen also zu dem Schluß, daß Ihr Mann der Liebhaber Ihrer Stiefmutter war.«

»Aber nein!« Die alte Dame hob entsetzt die Hände. »Von solchen Dingen hatte ein achtzehnjähriges Mädchen in viktorianischer Zeit nun wirklich keine Ahnung. So etwas wäre mir nie in den Sinn gekommen. Ich war erst drei Wochen verheiratet und wußte noch nicht, was das siebente Gebot bedeutete. Nein, ich glaubte lediglich, die beiden seien ineinander verliebt. Und ich kann Ihnen versichern, daß schon diese Erkenntnis schrecklich genug für mich war.

Ich saß lange Zeit am Schlafzimmerfenster und sah auf den dunkler werdenden Kanal und die Lichter, die zitternde gelbe Streifen über das dunkel schimmernde Wasser zogen. Dann faltete ich das Blatt wieder zusammen, steckte es in die Jacke und hängte sie weg. Aus den Augen – aber nie mehr aus dem Sinn. Dann klingelte ich nach dem *valet de chambre* und bat ihn, meinem Mann auszurichten, ich hätte Kopfschmerzen und könne nicht zum Essen herunterkommen. Ich brauchte Zeit zum Nachdenken, ich wollte überlegen, was zu tun sei. Seltsamerweise dachte ich weniger an mich als an Papa.

Ich hatte mich an Papa rächen wollen, aber ich hatte ihm nie einen Kummer gewünscht, der ihn zerbrechen könnte. Ich wußte – ich hatte es ja selbst gesehen –, wie sehr er Sophias Reizen verfallen war. Vermutlich war er nie ganz sicher gewesen, ob auch sie ihn liebte. Aber zu erfahren, daß sie ihn nie geliebt hatte, sondern daß sie einen anderen liebte, mußte ein vernichtender Schlag für ihn sein. Und ich begriff, daß ich mein Wissen für mich behalten mußte. Nicht genug damit, daß ich mit meinem Schmerz nicht zu Papa laufen durfte – ich mußte auch verhindern, daß er je etwas erfuhr.«

Mr. Jones stand auf und rieb sich verstohlen die verspannten Muskeln. Steifbeinig stakste er ans Fenster und stützte die Ellbogen auf die Leibung. Unten im Hof hockte ein Diener in gestreifter Weste, mit einem locker gewickelten schmutzigen Turban, vor einem Holzkohlenfeuer und blies in die Glut.

»Haben Sie mit Ihrem Getue um den Brief nicht aus einer Mücke einen mordsmäßigen Elefanten gemacht?« fragte er zerstreut.

»Vergessen Sie die Nelken nicht.«

»Die Nelken?«

»Ja, die Nelken, die mir Oliver an dem Tag nach seinem Heiratsantrag geschickt hatte. Ich haßte Nelken, weil es Sophias Lieblingsblumen waren, die ständig in steifen kleinen Sträußen im Haus herumstanden. Sie erinnerten mich an Sophia mit ihren braven gestärkten Unterröcken; der aufdringliche Duft wollte gar nicht recht zu ihrem züchtigen Aussehen passen. Vielleicht waren es nur deshalb ihre Lieblingsblumen, weil Oliver ihr immer Nelken schenkte. Und weil ihm das zur Gewohnheit geworden war, hatte er wohl auch für mich gedankenlos Nelken bestellt. Wie heißt es doch: Laßt Blumen sprechen . . . Die Nelken, die er mir schickte, sprachen deutlich von seiner Leidenschaft für Sophia, nur begriff ich ihre Botschaft erst, als es zu spät war.«

Der junge Mann hörte nicht zu. Er sah einigermaßen entsetzt, wie der Mann auf dem Hof prüfend mit den Fingern in den Topf auf dem Kohlebrocken langte. Mr. Jones hoffte inbrünstig, daß es nicht etwas war, das er essen sollte. Die alte Dame sah über seine Schulter, um festzustellen, was ihn so fesselte. Der Mann auf dem Hof, der nicht wußte, daß er beobachtet wurde, fischte einen walnußgroßen schwärzlichen Brocken aus dem Topf (wobei er wiederholt kühlend auf seine Finger blies und hastig die heiße Soße ableckte) und schob sich den Leckerbissen rasch in den Mund. Einen Augenblick kaute er genüßlich, dann spuckte er ihn plötzlich in die Handfläche, musterte ihn wie ein Augur die Eingeweide eines Adlers, warf ihn verärgert auf die Erde und trat darauf.

»Gut, daß er das Stück selber gefunden hat«, sagte die alte Dame befriedigt. »So ein Vorkoster ist doch sein Geld wert.«

»Soll das heißen, daß wir das essen müssen?« fragte Jones mit schwacher Stimme.

»Aber nein. Abdul würde es nie einfallen, etwas aufzutragen, was nicht in Ordnung ist. In dieser Hinsicht ist er pingelig.«

»Pingelig? Na, ich weiß nicht recht . . . Halten Sie es für richtig, daß er – daß er die Finger ableckt und damit in den Topf greift? Erscheint Ihnen das nicht – entschuldigen Sie, wenn ich das so sage – ein bißchen unhygienisch? Sie müssen mich für sehr heikel halten.«

»Was soll ich dagegen tun? Abdul hat bei den Küchenchefs großer europäischer Hotels gelernt. Er ist ein ausgezeichneter Koch, aber leider hat er hier ein paar schlechte Gewohnheiten angenommen. Er hat deshalb von mir die Anweisung, nicht selbst zu kochen, sondern nur seinen naiveren und deshalb reinlicheren Kollegen Anweisungen zu geben. Aber ein wahrer Künstler läßt sich nicht so leicht bremsen. Man kann dem Ärmsten nicht glattweg verbieten, gelegentlich neue Gerichte auszuprobieren. Und natürlich zeigt er seine Künste besonders gern, wenn uns ein Gast mit einem Besuch beehrt.«

Mr. Jones hielt sich für einen Mann mit empfindlicher Verdauung und überaus sensiblem Gaumen; er zuckte vor dieser Zumutung zurück wie vor einer angedrohten Folterung.

»Vielleicht ist das Flugzeug bis dahin schon repariert«, meinte er hoffnungsvoll.

»Sie würden mich verlassen, ohne das Ende meiner Geschichte gehört zu haben?« wunderte sich die alte Dame.

»Natürlich nicht«, versicherte er eilig. Erstaunlich, dachte er, wie egozentrisch alte Leute doch sind.

»Meine Geschichte interessiert Sie nicht«, erklärte sie, die Schultern hochziehend wie ein schmollender Teddybär.

Doch, sehr sogar. Es tut mir leid, daß ich Sie unterbrochen habe. Bitte erzählen Sie weiter.«

»Nein, jetzt mag ich nicht mehr. Ich werde nachsehen lassen, wie weit Ihr Pilot ist.« Sie gab einem Diener, der in dem Bogengang wartete, eine Anweisung.

»Ich möchte aber wirklich gern wissen, wie es weitergeht, das ist doch hochinteressant.« Lancelot Jones suchte nach Worten. »Wirklich, es ist wie – wie eine sozialgeschichtliche Studie. Sehr lehrreich.«

Sie lächelte besänftigt. »Na schön. Und wenn das einheimische Essen Sie nicht reizt, werden wir für Sie Ziegenkäse und frische Feigen auftragen lassen, während ich in Abduls undefinierbaren, aber köstlichen Genüssen schwelge.«

Konnte die alte Dame etwa Gedanken lesen? Die Vorstellung war ihm einen Augenblick richtig unheimlich. Aber vielleicht hatte sie das auch nur so dahergeredet. Er setzte sich brav wieder hin und wartete auf die Fortsetzung.

»Unklar war mir«, fuhr Miss Hine fort, »wieso Sophia Papa geheiratet hatte, wenn sie doch Oliver liebte. Stundenlang zermarterte ich armes, ahnungsloses Ding mir den Kopf darüber. Auf die Idee, daß es den beiden schlicht und einfach an Geld gefehlt hatte, um heiraten zu können, kam ich nicht. Armut war für mich nur ein abstrakter Begriff, von ihren praktischen Auswirkungen ahnte ich nichts. Junge Mädchen aus dem Mittelstand hatten mit solchen Dingen damals keinerlei Kontakt. Armut – das waren für mich dunkle, stickige Katen, in die man warme Suppe brachte. Armut von jener Art, die sich Packpapier in die Schuhe legt, sich ständig mit Mahnungen herumschlagen muß, auf Zurücksetzungen mit einem liebenswürdigen Lächeln reagiert, immer nur Kupfermünzen in die Hand bekommt, wußte ich nichts. Ich hätte sonst wohl begriffen, daß das für Sophia ein Fiasko gewesen wäre. Um sich auf ein Leben in banaler Bedürftigkeit einzulassen, braucht man Mut und Liebe von einer Art, die Sophia nicht aufbrachte. Mut besaß sie wohl – aber es war der verzweifelte Mut zum Risiko, ein Kampf um den Aufstieg, den sie im Seidenkleid und sehr ladylike ausfocht. Sophia, so schändlich sie sich auch benehmen mochte, blieb immer ganz Dame. Sie wollte reich sein, und sie war bereit, den Preis dafür zu zahlen. Sie wußte, was sie tat. Ihre kostbare Wohlanständigkeit hätte sie nie geopfert, und wenn man ihr Unsummen dafür geboten hätte. Es mußte geheiratet werden. Und so gesehen war natürlich Papa der geeignetste Kandidat. Ein wohlhabender Kaufmann war das Höchste, was sie sich erhoffen konnte. Ihre Chancen, einen reichen jungen Mann einzufangen, waren praktisch gleich Null. Ein Witwer dagegen – das lag durchaus im Bereich des Möglichen. Und ein Witwer, der nicht mehr jung war, hatte entschieden seine Vorteile. Männer sterben meist früher als Frauen, und Vater war dreißig Jahre älter als Sophia. Es war durchaus keine Utopie, daß sie vielleicht in fünf, vielleicht in zehn Jahren eine reiche Witwe sein würde. Um an ein Vermögen zu kommen, konnte man wohl einen kleinen Teil seines Lebens opfern (Vater hatte bedeutend länger gebraucht, um dieses Vermögen zu verdienen). Und nach dieser Wartezeit winkte die Freiheit.

Sie würde noch einmal heiraten können, und dann würden die Rollen vertauscht sein – die Männer würden sich um sie bemühen. Nur – Oliver würde nicht frei sein. Ich war noch sehr jung. Auf das Glück, daß auch ich gelegenerweise das Zeitliche segnen würde, konnte sie kaum hoffen. Warum hatte sie zugelassen, daß Oliver mich geheiratet hatte? Mehr noch: Sie hatte die Verbindung sogar gefördert, hatte alles getan, um sie zustande zu bringen. Vielleicht hatte sie ihn sogar dazu gedrängt, hatte ihm befohlen, mich zu heiraten. Sie mußte ihrer Sache sehr sicher gewesen sein, dachte ich bitter. Vielleicht war das des Rätsels Lösung: Sie wußte genau, daß ich für Oliver gänzlich ohne Reiz war, und deshalb war es ihr lieber, daß er fest an mich gebunden war, als wenn sie hätte fürchten müssen, ihn zu Papas Lebzeiten an eine reichere, hübschere Braut zu verlieren.

All das klingt, als sei Oliver ein sehr schwacher Mensch gewesen. Und das war er auch, obgleich er nach außen den Kühlen, Arroganten spielte. Allmählich begriff ich, daß er völlig von Sophia beherrscht wurde. Aber welcher Mann wird nicht von irgendeiner Frau beherrscht?

Gegen jede Form der Arbeit hegte er eine unüberwindliche Abneigung. Papa hatte recht gehabt: Er war hoffnungslos träge. Es war ein Schock für meine konventionell-puritanische Seele, daß jemand sich so zufrieden dem Müßiggang hingeben konnte, wenn nur eine gute Zigarre und ein Glas Wein greifbar waren. Auf Papa – als einen Kaufmann – sah er herab. ›Ich bin ein geborener Aristokrat‹, pflegte er zu sagen, wenn ich ihn zurechtwies.

Doch noch immer hatte ich keine Antwort auf die Frage, wie sie mich loszuwerden gedachten, wenn Papa tot war. Denn daß sie sich nicht damit begnügen würde, Papas Witwe zu bleiben, stand für mich inzwischen fest. Und ihre Wohlanständigkeit war ihr, wie gesagt, heilig; es wäre ihr nie in den Sinn gekommen, mit Oliver durchzubrennen.

Aber ich schweife ab. Diese Feinheiten machten mir erst später zu schaffen. Unmittelbar nach meiner Entdeckung hatte ich nur panische Angst vor dem Wiedersehen, besonders vor dem Wiedersehen mit Papa. Ich fürchtete, er würde mir meine Qual anmerken und mich ausfragen. Je näher der Tag der Rückkehr kam, desto größer wurde meine Angst. Schließlich griff ich zu einer List. Ich ›verlor‹ mein Schmuckkästchen und machte Oliver eine schreckliche Szene. Er muß sich sehr darüber gewundert haben, denn von dieser Seite kannte er mich noch gar nicht.

Wie dem auch sei, ich erreichte mein Ziel: Wir versäumten an diesem Tag den Zug, würden Papa also nicht mehr zu Hause antreffen. Wir telegrafierten, unvorhergesehene Umstände hätten uns aufgehalten, er solle sich keine Sorgen machen, wir würden nun bestimmt am nächsten Tag kommen.

Ich erinnere mich noch genau an diese Heimkehr. Sie war so ganz anders, als ich erwartet hatte.

Ich hatte damit gerechnet, daß die Kinder uns am Bahnhof in Empfang nehmen würden. In jenen Tagen war es noch ein richtiges Abenteuer, Reisende vom Bahnhof abzuholen. Und ich dachte mir auch, daß sie sich auf mich freuen würden. Als ich den grauen, leeren Bahnsteig sah, überlief es mich kalt. So sehr ich versuchte, mich zusammenzunehmen – ich hatte ganz stark das Gefühl eines drohenden Unheils. Als wir die Auffahrt hinaufrumpelten, sah ich zu den leeren Fenstern hoch. Nicht einmal Edgar ließ sich am Kinderzimmerfenster sehen. Ich preßte die Hände zusammen und zog mich, um meine Erregung zu verbergen, in die dunkle Wagenecke zurück.

Es schien eine kleine Ewigkeit, ehe das Stubenmädchen die Haustür öffnete.

›Guten Tag, Miss – Madam, meine ich. Willkommen daheim‹, sagte sie nervös.

Ich trat ein und streifte die Handschuhe ab. ›Wo steckt denn die kleine Bande?‹ fragte ich leichthin. ›Alles gesund?‹

Sie warf einen raschen Blick über die Schulter. ›Jawohl, Madam, ganz gesund‹, sagte sie mit einem mißglückten Knicks.

›Den Tee bringst du bitte in den Salon, Beulah. Und laß anschüren, mir ist kalt.‹

›Sehr wohl, Madam.‹ Auf ihrem Gesicht lag ein Hauch jenes genüßlichen Schauders, den man im grusligsten Augenblick einer Gespenstergeschichte empfindet. Aber – das bildete ich mir wohl nur ein. Wieder fröstelte ich und verspürte eine leichte Übelkeit, als deren Grund ich sehr rasch den Duft der Nelken ausmachte, die in einem schirmständerartigen Behälter auf dem Dielentisch standen.

›Nimm die Blumen mit und wirf sie weg,‹ sagte ich schroff.

›Das wäre aber ein Jammer‹, ließ sich eine belustigte Stimme hinter mir vernehmen. ›Sie waren nämlich zu deiner Begrüßung gedacht.‹

Ich wandte mich um.

›Du siehst aus wie Frau Lot als Salzsäule‹, sagte Sophia mit ihrem perlenden Lachen. ›Freust du dich nicht, mich zu sehen?‹

Und jetzt stürzten die Kinder auf mich zu und fielen mir um den Hals. ›Das ist eine Überraschung, was?‹

›Lucy! Harry! Wo ist Papa? Ist er nicht abgereist?‹ fragte ich ratlos.

›Doch, doch, er ist abgereist. Und wir haben ihn alle bis Tilbury gebracht.‹ Sie lachten und schwatzten so aufgeregt durcheinander, daß ich nicht folgen konnte. Aus dem Augenwinkel beobachtete ich Sophia, die, in einem olivgrünen Samtkleid, heiter lächelnd, von einem zum andern sah.

›Und wie geht es meinem Stiefschwiegersohn?‹ hörte ich sie fragen.

›Warum bist du noch hier?‹ unterbrach ich sie grob.

›Mir war nicht wohl. Der Arzt hat mir abgeraten, deinen Vater zu begleiten.‹

Ich fuhr zurück und nahm Olivers Arm. ›Du siehst aber gut aus, nicht wahr, Oliver? Was fehlt dir denn?‹

›Ich bitte dich, Blanche, sei doch nicht so naiv‹, sagte sie ungeduldig lachend. ›Schließlich bist du jetzt eine verheiratete Frau.‹

›Ach so, du meinst –‹

Sie runzelte die Stirn, und ich verstummte. ›Nicht vor den Kindern‹, besagte dieser Blick. ›Dann verreist du nicht? Dann – dann bleibst du also ganz hier?‹ stotterte ich.

Sie nickte, mit den weißen Fingern das Spitzenjabot an ihrem Hals ordnend.

›Am besten fahren Oliver und ich dann gleich nach London zurück‹, entschied ich.

›Nach London?‹ wiederholte mein Mann erstaunt. ›Aber liebste Blanche, weshalb denn das?‹

›Hier können wir nicht bleiben. Es ist auch nicht nötig, Stiefmama ist ja hier.‹

›Warum können wir hier nicht bleiben? Wo sollen wir denn hin?‹

›Ich will das nicht. Ich wollte nie mein Eheleben hier beginnen. Ich möchte –‹

›Blanche Rose soll natürlich nicht dazu gezwungen werden, gegen ihren Willen hierzubleiben‹, sagte Sophia liebenswürdig. ›Aber müssen wir unbedingt in der Diele darüber reden? Du frierst, Blanche Rose, und siehst müde aus.‹ Sie betrachtete mich mitleidig, und ihr Blick machte mir bewußt, wie blaß und elend ich aussehen mochte. ›Komm herein und wärme dich. Und da ist auch schon Beulah mit dem Tee.‹

Beim Tee erinnerte Sophia dann Lucy daran, mir den Brief zu geben, den Papa mir zugedacht hatte. Ich möge Sophia in dieser Zeit besonders zur Seite stehen, bat er, es beruhige ihn ungemein, daß nun noch eine Frau im Haus sei. Möglicherweise würde er ja bis zur Geburt des Kindes nicht zurück sein. Und seine arme kleine Sophia sei so tapfer gewesen und habe ihn trotzdem reisen lassen. Ich möge bitte pünktlich zu jeder Post schreiben und ihm über ihren Zustand berichten.

So nahm ich resigniert mein altes Leben wieder auf. Wie öde waren diese Tage. Ich hatte buchstäblich nichts zu tun, denn dadurch, daß Sophia im Haus war, durfte ich mich nicht in der Führung eines Haushalts üben, wie ich gehofft hatte. Wenn ich einmal eine Anweisung gab, die ihren Wünschen widersprach, waren die verängstigten Dienstboten nicht bereit, sie auszuführen. Lucy hatte ihren Unterricht, Harry fuhr jeden Tag in die Stadt ins Kontor, stolz darauf, Papa vertreten zu dürfen, und Oliver ging in den Inner Temple und tat, was immer Anwälte tun, wenn sie sich um Arbeit bemühen. Tagsüber blieb ich mit Sophia allein. Morgens folgte sie mir in die Diele, angeblich, um Harry Lebewohl zu sagen, während ich Oliver seinen Hut, seinen Stock und seine Handschuhe brachte. Ich gab ihm einen pflichtschuldigen Kuß, Sophia legte ihre Hände auf Harrys Schultern, küßte ihn auf die Wange und sagte leise: ›Leb wohl, mein lieber Junge.‹ Harry, der Arme, wurde puterrot und stolperte hinter Oliver her. Wie gern wäre ich mit ihnen gefahren, um aus diesem Haus, das für mich kein Zuhause mehr war, um aus der Öde meiner Tage zu entkommen.

Stundenlang streifte ich in jenen Wochen über das Marschland, auf dem weit und breit nur Schafe zu sehen waren, während die Wolkenfetzen über den weiten Himmel jagten. Nur so konnte ich Sophia aus dem Weg gehen. Schweigend nahmen wir unsere Mahlzeiten zusammen ein, schweigend saßen wir mit unseren Büchern oder unserem Nähzeug beieinander. Oft habe ich mich gefragt, ob ihr diese Nähe ebenso schrecklich war wie mir.

Ich machte meinen Spaziergang am liebsten, wenn die Sonne unterging. Die flammende Pracht gab meinem leeren Tag ein wenig Glanz, und das nachdenkliche Zwielicht, das dem Sonnenuntergang folgte, paßte zu meiner Stimmung. Einmal kehrte ich schon nach einer halben Stunde um, weil mir ein Strumpfband gerissen war. Ich lief nach oben. Auf dem dämmerigen Flur stand Oliver wie ein Gespenst. Ich erschrak so heftig, daß ich leise aufschrie. Sein Gesicht war aschfahl.

›Was tust du hier, Blanche?‹ fragte er scharf.

Sein Ton überraschte mich, aber ich ließ mich nicht einschüchtern. ›Vielleicht darf ich fragen, was du hier zu suchen hast?‹

›Ich bin früher nach Hause gekommen.‹ Er legte die Hand an die

Stirn. ›Ich fühle mich nicht wohl. Ich habe dich gesucht, und du hast mich erschreckt.‹

›Hast du gedacht, du würdest mich in Stiefmamas Zimmer finden?‹

›Ich habe nur . . . ich wollte . . . ich wollte sie fragen, wo du bist. Das ist alles.‹

›Natürlich . . .‹

Sophia trat im Morgenmantel aus ihrem Zimmer. Das rote Haar fiel ihr locker bis auf die Schultern. Ich fand es unziemlich, daß sie sich vor meinem Mann *en deshabille* zeigte, und das mußte sie mir angesehen haben, denn sie sagte rasch: ›Was ist los? Ihr habt mich gestört. Ich hatte mich hingelegt, ich fühle mich nicht wohl.‹

›Du auch nicht? Arme Stiefmama. Soll ich dir das Korsett lockern und eine Essigkompresse auf die Stirn legen?‹

Wenn sie sich ärgerte, kroch eine häßliche Röte an ihrem schönen Hals hinauf. Ich empfand hämische Freude bei diesem Anblick. Es war wohl meine Bemerkung über das Korsett gewesen, die ihren Zorn erregt hatte, und die war ja wirklich ungehörig. Im übrigen hatte ich natürlich gesehen, daß sie das Korsett gar nicht mehr anhatte, man merkte es an den geschmeidigen Bewegungen ihres Körpers unter dem seidenen Morgenmantel. Ich beneidete sie um ihre gute Figur und dachte bekümmert an meine eigene lange, schlaksige Gestalt. Nie hätte ich gedacht, daß sie in fünf Monaten ein Kind zur Welt bringen würde.

Sie drehte sich um, ging wortlos wieder in ihr Zimmer und schloß die Tür. Er habe furchtbare Kopfschmerzen, stotterte Oliver, deshalb würde er mich auf meinem Spaziergang begleiten, die Luft würde ihm vielleicht guttun. Seiner ungewohnten Leutseligkeit begegnete ich mit Schweigen. Obwohl er das an mir schon kannte, fragte er mich heute, was denn mit mir los sei.

›Ich rede nicht gern beim Laufen‹, antwortete ich und dachte mir, daß ich wohl auch nicht gern reden würde, wenn ich Kopfschmerzen hätte.

Wenig später forderte ein Kronanwalt Oliver als Mitverteidiger für einen großen Strafprozeß an. Mein Mann machte sich nicht die Mühe, mir Einzelheiten über den Fall zu erzählen, und in jenen Tagen lasen Frauen kaum Zeitung. Er sagte nur, daß er viel und lange würde arbeiten müssen und nicht immer abends würde heimkommen können. An diesen Tagen würde er dann bei einem Freund in London übernachten.

In der ersten Woche blieb er nur zwei Nächte weg. Sophia fühlte sich noch immer nicht wohl, und in der zweiten Woche beschloß sie, einen Spezialisten in London zu konsultieren. Sie fuhr in Begleitung meines Bruders und meines Mannes in die Stadt; abends wollte sie wieder daheim sein. Statt dessen kam ein Telegramm: Bin auf Anraten des Spezialisten in Londoner Klinik. Brief folgt.

Die Post an Papa blieb liegen, weil ich auf den angekündigten Brief wartete (ich hätte ihm unmöglich schreiben können, ohne Sophias Unpäßlichkeit zu erwähnen). Der Brief kam nie. Vielleicht, dachte ich, ist sie zu krank, um Briefe zu schreiben. Ich wußte nicht, in welcher Klinik sie lag, ich kannte nicht einmal den Namen des Spezialisten. Jetzt bereute ich es, daß ich mich nicht um sie gekümmert hatte. Ich fürchtete Papas Zorn, ich wußte nicht, was ich tun sollte, konnte mich mit niemandem beraten. Oliver war in London, der Prozeß nahm ihn wohl sehr in Anspruch.

Er war schon sechs Tage weg, als eine Sendung von einem Blumengeschäft im Westend bei uns eintraf: Ein Strauß weißer Rosen auf einem Moosbett. ›In Gedanken immer bei Dir. O.‹ hatte er auf die Karte geschrieben. Lucy sah mich erröten und wollte wissen, wer mir Blumen geschickt habe. ›Wie langweilig‹, schmollte sie, als ich es ihr sagte. Ich mußte lachen. ›Es ist nett hier – ohne *sie*‹, setzte Lucy unerwartet hinzu.

›Ich denke, du magst sie? fragte ich, nachdenklich mein Frühstücksei köpfend.

›Wenn sie da ist, mag ich sie auch, da ist es unmöglich, sie nicht zu mögen. Aber ohne sie ist es viel schöner. Wünschst du dir nicht auch, daß sie nie zurückkommt?‹

›Das wäre Papa nicht recht‹, wandte ich ein.

›Und Harry auch nicht. Sind Männer nicht albern?‹

›Demnach mag Harry sie auch?‹

›Ja, weißt du das denn nicht?‹ lachte sie. ›Blanche, du bist wirklich blind. Harry ist in sie verliebt.‹

Ich schnappte nach Luft und legte rasch die Hände in den Schoß; meine kleine Schwester sollte nicht sehen, daß sie zitterten. ›So etwas sagt man nicht, Lucy, das ist ordinär. Und dumm.‹

›Aber es stimmt. Er schreibt Gedichte, ich habe sie gesehen. Eins handelt davon, wie sie ihn jeden Morgen zum Abschied küßt.‹ Ihre Augen funkelten schalkhaft.

Aber ich fand das nicht zum Lachen. ›Unglaublich.‹ Ich hob mein Taschentuch an die Lippen.

›Du bist schrecklich spießig, seit du verheiratet bist, Blanche‹, beklagte sich meine Schwester. ›Früher hättest du es auch komisch gefunden, daß Harry sich plötzlich benimmt wie ein Erwachsener und dauernd seufzt und in den Spiegel starrt.‹

›Es ist nicht komisch. Es ist traurig und abscheulich und ungehörig. Aber das verstehst du noch nicht, dazu bist du noch zu jung. Du darfst niemandem etwas davon erzählen, hörst du? Wenn Papa es erfährt, möchte ich nicht in Harrys Haut stecken.‹

Ihre Augen wurden groß und rund. ›Was würde Papa mit ihm anstellen?‹ flüsterte sie.

›Er würde ihn wegschicken, weil er so böse war.‹

›Wie – wie Robert?‹

Ich nickte. Sie war ganz blaß geworden, und ich gab mich mit der Wirkung meiner Worte zufrieden.

Daß ich nichts von Sophia hörte, beunruhigte mich an sich nicht. Ich war froh, die Verantwortung los zu sein. Doch dann bekam ich ein Telegramm von Papa, in dem er mir mitteilte, daß Sophia ihn von ihrer Fehlgeburt in Kenntnis gesetzt habe. Ich möge ihm umgehend Einzelheiten mitteilen und über ihren Zustand berichten. Ich war entsetzt. Nicht genug damit, daß ich nichts von der Fehlgeburt gewußt hatte – ich hatte mir weder die Mühe gemacht, nachzufragen, was ihr eigentlich fehlte, noch hatte ich eine Ahnung, wo ich sie zu suchen hatte. Das schlechte Gewissen plagte mich sehr. An Sophia verschwendete ich keinen Gedanken mehr, aber daß ich Papa enttäuscht hatte, betrübte mich, zumal ich nicht wußte, wie ich meine Unterlassungssünde wiedergutmachen sollte. Ich wußte nicht, wo sie war, ich wußte nicht, wie ihr Arzt hieß, und Oliver, bei dem ich mir einen Rat hätte holen können, war nicht da. Andererseits konnte ich weder Papas Telegramm ignorieren noch ihm das Ausmaß meiner Unwissenheit verraten.

Dann kam mir ein rettender Gedanke. Ich würde mich an Mrs. Falk, Sophias Mutter, wenden. Sie würde wissen, wo ihre Tochter zu finden war.

Ich war noch nie allein in London gewesen, und weil ich dieses Viertel überhaupt nicht kannte, nahm ich eine Droschke. Ich saß auf dem äußersten Rand des Sitzes und beobachtete durch meinen Schleier nervös den dichten Straßenverkehr, von dem mir schwindlig wurde, während ich den Strauß rosa Nelken, den ich Sophia mitbringen wollte, so weit wie möglich von mir weghielt.

Als wir in die Straße einbogen, in der Mrs. Falk wohnte, sah ich auf der anderen Straßenseite eine Frau, die Sophia auffallend ähnlich war.

Sie trug ein Straßenkleid, wie auch meine Stiefmutter eins hatte – lavendelfarbenes Tuch mit violettem Schnurbesatz –, aber ihr Gesicht war hinter einem Sonnenschirm aus hellgrauer Seide verborgen, und sie ging so schnell, daß ich ihren Gang nicht recht erkennen konnte, obgleich ich den Hals verdrehte, um durch das staubige kleine Rückfenster zu blicken. Natürlich wußte ich, daß sie es nicht sein konnte. Aber seltsam war es schon, daß ich ausgerechnet hier jemanden traf, der ihr so ähnlich sah.

Die Straße machte einen heruntergekommenen Eindruck, schon hatten sich ein paar Läden etabliert, vorerst allerdings erst an den äußersten Enden, als wagten sie es noch nicht, sich kühn zwischen den Wohnhäusern niederzulassen, in deren Bogenfenstern diskrete kleine Schilder verkündeten: Wohnung zu vermieten.

Die Droscke hielt vor einem altertümlichen Haus aus jener Zeit, als der italienische Stil groß in Mode gewesen war. Die nutzlosen kleinen Zierbalkons wirkten traurig und wie verloren. Meine Schritte hallten von den abgetretenen Stufen der steineren Treppe wider, die sich in zunehmende Dunkelheit hinaufwand. Mrs. Falks Wohnung war im dritten Stock. Es dauerte sehr lange, bis jemand zur Tür kam und sie vorsichtig einen Spaltbreit öffnete. Eine verhutzelte Alte riskierte einen Blick und wollte wissen, wer ich sei. Ich wolle zur Mrs. Falk, sagte ich.

›Wer sind Sie?‹ wiederholte sie unfreundlich.

›Mein Name ist Mrs. Bridgewater.‹

›Nicht zu Hause‹, fauchte die Alte und schlug mir die Tür vor der Nase zu. Ich klingelte noch einmal, wartete, klingelte wieder. Vielleicht kannte die Alte Sophias Adresse. Das verhutzelte Faktotum war im Augenblick meine einzige Hoffnung, und ich war entschlossen, nicht zu wanken und zu weichen, bis ich die Adresse hatte. Dann rasselte die Kette, die Tür ging wieder auf.

›Was wollen Sie?‹ fragte die Alte mürrisch.

›Ich wollte Sie bitten, mir Mrs. Sheridans Adresse zu geben.‹

Sie betrachtete mich einen Augenblick aus dunklen, unbewegten Augen. Ich kam mir vor wie unter dem Blick einer Schlange, dem man, so widerwärtig er einem auch ist, nicht ausweichen kann.

›Meinetwegen, kommen Sie rein.‹ Schwerfällig watschelte sie vor mir her. Sie trug flache rote Hausschuhe und einen viel zu langen Morgenmantel aus verschossenem rosa Taft mit vermottetem braunem Pelzbesatz, und ich begriff, daß die Alte kein Faktotum, sondern Sophias Mutter war.

Sie führte mich in ein mit Möbeln vollgestelltes Wohnzimmer, das nach Staub roch, als sei dort seit Urzeiten nicht gelüftet worden, schwang sich in einen Sessel, der zu hoch für ihre kurzen Beine war, und legte eine verrunzelte gelbe Hand, an der Ringe blitzten, auf ihren Schenkel. Das dunkelrot gefärbte dünne Haar war auf ihrem kahlen Schädel sorgfältig zu Locken arrangiert. Es war wohl hauptsächlich der tief zwischen den Schultern steckende Kopf, der ihr dieses abstoßend reptilhafte Aussehen verlieh. Daß irgend jemand diese Kreatur geliebt und geheiratet hatte und daß sie der schönen Sophia das Leben geschenkt haben sollte, war schier unvorstellbar.

›Was ist jetzt?‹ fragte sie ungeduldig, das kantige Kinn vorschiebend. ›Was wollen Sie hier?‹

›Ich möchte Sophia sprechen. Ich möchte wissen, wie es ihr geht. Besonders, da mein Vater –‹

›Wie kommen Sie darauf, daß sie hier ist?‹ unterbrach sie mich rücksichtslos.

›Ich weiß es natürlich nicht‹, sagte ich höflich. ›Ich hatte nur gehofft, Sie könnten mir ihre Anschrift geben. Sie – es war so plötzlich, sie ist abgereist, ohne . . . Und jetzt ist sie wahrscheinlich zu krank, um zu schreiben. Es ist sehr bedauerlich‹, fügte ich förmlich hinzu und beobachtete die verrunzelten Klauenhände, die unablässig den schmutzigen rosa Taft über den Schenkeln glätteten.

›Sind die Blumen da für sie? Können Sie hierlassen, ich sorg dafür, daß sie das Gemüse kriegt.‹

›Danke, aber ich würde ihr die Blumen gern selber überreichen. Ich bin eigens wegen Sophia nach London gekommen. Wenn Sie mir ihre Adresse geben könnten, brauche ich Sie nicht länger zu stören.‹

›Kann ich nicht.‹

›Sie wissen also auch nicht, wo sie ist?‹ fragte ich erschrocken.

Wie sollte ich diese rätselhafte Äußerung verstehen? Sie hatte mich nicht gebeten, Platz zu nehmen; jetzt fragte ich, ob ich mich setzen dürfte, und ließ mich auf einem gebrechlichen Regence-Sessel nieder, der unter meinem Gewicht ächzte. Ich legte die Nelken auf ein Tischchen.

›Sie wissen es also und wollen es mir nicht sagen‹, stellte ich einigermaßen erschüttert fest. ›Ich frage nicht meinetwegen. Aber Pa – ich meine Mr. Sheridan macht sich große Sorgen. Er ist so weit weg . . .‹

Sie begann lautlos zu lachen, und die Broschen und Ohrringe und was sie sonst an Schmuck trug, blitzten in ihren schmutzigen Goldfassungen auf, als seien sie lebendig. Vielleicht, dachte ich, ist die Alte nicht ganz normal.

›Keine Sorge, sie kommt schon wieder, das können Sie Ihrem Papi sagen. Ist ein vernüftiges Mädchen, die Sophia.‹ Der breite Krötenmund verzog sich zu einem grotesken Lächeln.

›Das Atmen fiel mir zunehmend schwerer; ich hatte Angst. Noch nie in meinem Leben war ich ohnmächtig geworden, aber jetzt hatte ich den Eindruck, als müsse ich gleich das Bewußtsein verlieren. Ich legte das Handgelenk an die Stirn, erhob mich schwankend und bat um ein Glas Wasser.

›Ich hab' keine Dienstmädchen wie gewisse feine junge Damen‹, sagte sie und versuchte, mit den kurzen Beinen den Boden zu erreichen; ihre Krallen schurrten an den satinüberzogenen Armlehnen entlang.

›Bitte bemühen Sie sich nicht.‹ Ich tastete mich an den vielen kleinen Gegenständen entlang, die mir den Weg zur Tür verstellten. ›Ich finde mich schon zurecht.‹

Dann stand ich in der schäbigen Diele und überlegte, hinter welcher der vier geschlossenen Türen die Küche liegen mochte. Entschlossen öffnete ich die nächstgelegene. Durch ein hohes, schmales Fenster fiel trübes Licht auf ein ungemachtes Bett mit fleckigen grünen Vorhängen; in dem zerwühlten Bettzeug lag ein dunkler Gegenstand, der aussah wie ein Muff. Es war ein asthmatischer kleiner Köter. Am Fußende des Bettes stand ein Tablett mit Essen. Auf dem Ankleidetisch lag dicker Staub. Zerknüllte Kleidungsstücke lagen auf dem Boden, der Nachtschrank stand offen. Ich sah mein Bild im Spiegel, erschrocken und bleich, und zog mich eilig zurück.

Das nächste Zimmer war so adrett und sauber, wie das andere verwahrlost gewesen war, und doch war ich nach einem Blick schneller wieder draußen, als ich hereingekommen war. Der Schock hätte nicht größer sein können, wenn ich versehentlich jemanden beim Ausziehen überrascht hätte. Die Vase mit den malvenfarbenen Nelken vermittelte mir das Gefühl, als hätte ich Sophia selbst in ihrer Nacktheit hier ertappt; aber der Raum war leer. Doch mit diesem einen kurzen Blick hatte ich auch Olivers rotseidenen Morgenrock erspäht, der neben dem Bett über einem Stuhl hing, und darunter die ordentlich nebeneinanderstehenden goldbestickten Pantoffeln, die ich ihm als Andenken in Venedig gekauft hatte. Mein Herz schlug so heftig, daß ich mich am Türknauf festhalten mußte, um nicht umzusinken.

Meine größte Angst war es, daß Mrs. Falk mir nachkommen und mich hier finden könnte. Ich begriff jetzt nur zu gut, warum sie mir die Adresse ihrer Tochter nicht geben konnte. Das soll nicht heißen, daß ich damals schon das ganze Ausmaß des Komplotts durchschaut hätte. In diesem Augenblick wußte ich nur, daß Sophia und Oliver in jenem Zimmer zusammenlebten. Später wurde mir klar, daß die Fehlgeburt reine Erfindung war, daß Sophia kein Kind erwartet hatte, sondern sich vor der Reise hatte drücken wollen, um mit Oliver zusammenzusein. Unzählige Kleinigkeiten fielen mir ein, die mir vorher seltsam und unverständlich gewesen waren und jetzt plötzlich eine einleuchtende Erklärung gefunden hatten.

Ich hätte gern so schnell wie möglich das Weite gesucht, aber meine Blumen wollte ich doch lieber wieder mitnehmen. Schweren Herzens kehrte ich in das stickige Wohnzimmer zurück. Mrs. Falk hatte die Füße vorgestreckt und betrachtete nachdenklich grinsend ihre Zehen.

›Es wäre mir lieber, wenn Sie Ihrer Tochter nichts von meinem Besuch erzählen würden, Mrs. Falk‹, sagte ich. ›Sicher wird sie mir schreiben, sobald sie kann. Ich warte gern.‹

›Sie haben sich's also anders überlegt, was? Hab' ich mir schon fast gedacht. Jetzt haben wir beiden Hübschen also ein Geheimnis miteinander, wie? Eins, von dem nicht mal Ihr Süßer was erfahren soll.‹ Sie grinste mit ihren schlaffen, breiten Lippen.

Wie eine Kröte, dachte ich. Häßlich und voller Gift, ob sie weiß, was ich gesehen habe? Bei dem Gedanken wurde mir ganz kalt. Wenn ja, war ich ihr ausgeliefert, und zu trauen war dieser Person wohl kaum. Es war auch nicht einzusehen, weshalb sie zu mir hätte halten sollen; ganz offensichtlich stand sie ja auf der Seite ihrer Tochter, deren Untreue sie billigte.

Sie rutschte von ihrem Sessel herunter. Ich machte Anstalten, mich zu verabschieden, und griff wie nebenbei nach meinen Blumen, aber sie watschelte, den verschlissenen Morgenmantel hinter sich herschleifend, in die Diele, ohne auf mich zu achten, und mir blieb nichts anderes übrig, als ihr zu folgen. Behutsam öffnete sie die Tür, sah sich nach allen Seiten um und machte sie wieder zu.

›Ich geb Ihnen jetzt einen guten Rat.‹ Sie näherte ihr böses altes Gesicht dem meinen. ›Versuchen Sie nicht, Sophia für dumm zu verkaufen, das schaffen Sie nämlich nicht. Ich weiß Bescheid.‹ Die klebrig-schwarzen Augen hielten mich fest. ›Glauben Sie mir, ich weiß Bescheid.‹ Doch dann ließ sie zu meiner großen Erleichterung unvermittelt meinen Arm los und jammerte mit hoher, spröder Stimme: ›Aber auf eine verdrehte Alte wie mich hört ja keiner. Auf der wird ja bloß rumgetrampelt, stimmt's?‹

Sie wirkte in diesem Augenblick alles andere als verdreht, die Augen waren verschlagen und wachsam und machten mir Angst. ›Ja, dann auf Wiedersehen, Mrs. Falk, und herzlichen Dank‹, sagte ich rasch und so munter wie möglich und machte, daß ich wegkam.«

6 Tod am Nachmittag

Alva Hine verfiel in ein nachdenkliches Schweigen, das der junge Mann nach einer Weile mit unterdrückter Ungeduld brach, um sich zu erkundigen, was sie danach unternommen hatte.

»Ich fuhr heim und wartete auf die Rückkehr meines Mannes und Sophias.« Sie machte eine mutlose Handbewegung. »Was hätte ich schon unternehmen können?«

»Haben Sie nie an Scheidung gedacht?«

»Sie wissen ja nicht, was Sie da sagen«, entsetzte sich die alte Dame. »Scheidung war damals etwas ganz und gar Unerhörtes. Das wäre mir nie in den Sinn gekommen. Außerdem war Ehebruch allein kein ausreichender Scheidungsgrund, da mußte schon noch Grausamkeit und böswilliges Verlassen hinzukommen. Die Unverletzlichkeit der Ehe mußte gewahrt werden, koste es, was es wolle.«

»Wie gräßlich«, entfuhr es Mr. Jones. »Aber trotzdem – hätten Sie ihn nicht verlassen können?«

»Sie sprechen wie ein Blinder von der Farbe, mein Lieber. Theoretisch hätte ich ihn natürlich verlassen können – aber wohin hätte ich gehen, wovon hätte ich leben sollen? Wir Frauen saßen in jenen Tagen gründlich in der Falle, wir waren unwissend, ungebildet, oberflächlich, rettunglos in Konventionen befangen. Ich besaß nicht einmal Sophias Talent für gefällige Aquarelle. Nein, glauben Sie mir, ich konnte nicht fliehen, sonst hätte ich es getan. Ich versuchte alles mögliche, um *mit* Oliver zu fliehen. Ich lag ihm in den Ohren, er möge ein kleines Haus suchen, in dem wir für uns sein konnten, wie sich das für junge Eheleute gehörte, weit weg von Sophia. Aber er wollte nicht. Und gerechterweise muß ich wohl auch sagen: Er konnte nicht. Er war völlig von Papa abhängig. Ich schrieb zwar an ihn, flehte ihn an, uns einen eigenen Hausstand zu ermöglichen, aber er antwortete kurz und bündig, das sei ausgeschlossen, er könne es sich nicht leisten. Es waren schlimme Wochen für mich. Und dann merkte ich, daß ich schwanger war. Ein Mann wird nie begreifen, was es bedeutet, ein ungewolltes Kind austragen zu müssen, voll Angst und Entsetzen diese immer schwerer werdende, unentrinnbare Last im Leib zu spüren.

Etwa um diese Zeit fiel mir auf, wie bedrückt Harry war. Beim Essen war er schweigsam und wich Sophias Blick aus, und sobald wir fertig waren, verließ er das Zimmer. Und da auch mir die gespannte Atmosphäre immer unerträglicher wurde, entschuldigte ich mich stets ebenfalls rasch und zog mich zurück, so daß Sophia und mein Mann viele Stunden in ungestörter Zweisamkeit verbringen konnten. Von etwa halb neun bis zum Schlafengehen – etwa um elf – konnten sie sich aneinander erfreuen. Weil ich sie beide haßte und fürchtete und keinen Ausweg aus meiner mißlichen Lage sah, verbot ich es mir, darüber nachzudenken, was in jenen Stunden geschehen mochte.

Harry und ich kamen uns wieder näher, fanden zu der Vertrautheit der Kindertage zurück. Er war sehr lieb, verlangte nichts von mir, sprach nie von seinen Sorgen. Daß uns diese Zuneigung geblieben war, bedeutete einen großen Trost für uns. Schweigend durchwanderten wir miteinander das Watt, ein Muster von Fußspuren in dem braunen Sand hinterlassend, Bogen um die flachen Pfützen schlagend, in denen sich das goldene Abendlicht spiegelte.

Die Tage wurden kürzer. Es war ein heißer, trüber August, immer wieder von Gewittern unterbrochen. Sophia litt besonders unter dem Wetter. Mit verschwollenen Augen ging sie durchs Haus – das schöne Porzellanweiß ihrer Haut war einem fahlen Wachsgelb gewichen –, oder sie zog sich in einen kaum begangenen Teil des Gartens zurück, wo grüne Ranken und Farnkraut an ihren Röcken entlangstreiften. Hinter dem Küchengarten lag eine kleine Wildnis. Dort, wo ihr das Gras bis zu den Knien ging, war ihr Lieblingsaufenthalt. Dort konnte sie stundenlang regungslos auf einer steinernen Bank sitzen, ein Buch auf den Knien, und in das wuchernde Grün starren.

Liebte sie Oliver nicht mehr? Oder – was wahrscheinlicher schien – liebte Oliver sie nicht mehr? Das war noch die naheliegendste Erklärung für ihre Mattigkeit, ihre versteckte Unruhe, für das Schwinden ihrer Heiterkeit, ihrer Anmut. Sie kleidete sich nachlässiger, matronenhafter, nicht mehr so adrett. Einmal hörte ich sie in ihrem Zimmer wild schluchzen und wußte nicht recht, ob mein Herz vor Genugtuung oder vor Mitleid so heftig schlug. Als sie danach herunterkam, wirkte sie aufgequollen wie eine Wasserleiche, und ich sah sie in einer plötzlichen Schreckensvision so, wie sie im Alter aussehen würde: ungeheuer dick, die Haut weiß wie eine Rübe oder eine Talgkerze und derb, wie nur Rothaarige derb werden können.

Es ergingen keine Einladungen zum Nachmittagstee mehr, und sie machte auch keine Besuche mehr im Dorf. Es war, als habe sie Angst davor, gesehen zu werden. Häufig ließ sie die Kutsche anspannen, fuhr nach Ipswich oder Colchester. Sie fuhr von einer Apotheke zur anderen, wie wir von Thomas erfuhren. Sie selbst äußerte sich nicht dazu. Manchmal stieg sie aus und ging ein, zwei Straßenzüge zu Fuß, aber ob sie damit den Kutscher oder den Apotheker täuschen wollte, war schwer zu sagen. Thomas jedenfalls folgte ihr immer in einiger Entfernung. Er billige es wohl nicht, wenn eine Dame geheimnisvolle Besorgungen machte; vielleicht hielt er es aber auch nur für seine Pflicht, sie zu beschützen.

Wenn Sophia zurückkam, war sie mit Fläschchen und Pillen beladen, aber wenn sie zur Verbesserung ihres Teints gedacht waren, halfen sie sichtlich nicht viel, und eine Woche später mußte wieder angespannt werden.

Im nachhinein kann man leicht sagen, daß ich damals wohl wirklich sehr naiv gewesen sein muß – aber ich wußte tatsächlich nicht, was gespielt wurde. Eine Ahnung kam mir erst, als ich Papas Telegramm bekam. Er habe sich früher als erwartet freimachen können, depeschierte er aus Marseilles (er war knapp sieben Monate weg gewesen), und würde am Dienstag ankommen. Es sollte eine Überraschung für Sophia sein. Natürlich konnte man es ihr nicht verheimlichen, sie mußte es erfahren. Oliver und Harry waren schon in die Stadt gefahren, als ich es ihr sagte.

Sie hörte mit abwesendem Gesichtsausdruck zu, als sei sie innerlich mit etwas Wichtigerem beschäftigt, aber ihre Haut wurde grünlichblaß, und sie hob die Hände, als wolle sie die Schwärze abwehren, die sich auf sie herabsenkte wie ein weiter dunkler Mantel. Dann lag sie auf dem Boden. Ich hielt ihr das Riechfläschchen an die Nase.

›Es war die Hitze‹, sagte sie, und als sie mich ansah, schien alle Farbe aus ihren Augen gewichen zu sein. ›Was hast du eben gesagt?‹

›Ehe du ohnmächtig wurdest? Nur daß Papa am Dienstag heimkommt. Aber das hat dich doch sicher nicht so aus der Fassung gebracht.‹

›Natürlich nicht. Es war die Hitze. Hilf mir bitte auf, Blanche.‹

›Ich würde an deiner Stelle noch einen Augenblick liegenbleiben.‹

›Nein, nein, es ist schon wieder gut. Die Aussicht, Edward so bald wiederzusehen, hat mich geradezu überwältigt.‹

›Papa will dich überraschen‹, schärfte ich ihr ein. ›Du mußt so tun, als ob du aus allen Wolken fällst. Wirst du es schaffen, Gefühle vorzutäuschen, die du nicht empfindest?‹ erkundigte ich mich unschuldig.

Aber als ich aus den Augenwinkeln zu ihr hinüberschielte, weil ich wissen wollte, ob der Hieb gesessen hatte, erkannte ich erschrocken, wie elend sie aussah.

›Eine Überraschung‹, wiederholte sie. ›Ja, was glaubt er denn hier zu finden?‹ Sie legte eine Hand aufs Herz.

›Du bist leichenblaß. Bleib noch einen Augenblick still liegen‹, sagte ich scharf. Aber sie hörte nicht auf mich, und ich ließ sie allein.

Noch am gleichen Tag, genauer gesagt am Abend, erfuhr ich mehr. Ich war wie stets pflichtschuldigst zu Olivers Begrüßung erschienen (wohl weil Frauen immer versuchen, die Realitäten ihres Privatlebens vor den Dienstboten zu verheimlichen), und als ich mich abwandte, um einen Blick in den großen, goldgerahmten Spiegel zu werfen, erblickte ich dort meine Stiefmutter, die in der Tür stand und zu Oliver hinübersah. Der Blick war ein deutliches Signal und besagte: Ich muß dich allein sprechen. Gleich darauf war sie verschwunden. Ich weiß nicht, weshalb ich an diesem Abend besonders auf der Hut war. Sie waren ja ständig allein zusammen, und ich hatte mir bisher nie etwas dabei gedacht. Aber ihre gedrückte Stimmung und ihre Erregung ließen darauf schließen, daß dieses Gespräch eine besondere Bedeutung haben würde.

Sie bekam ihn vor dem Essen nicht mehr allein zu fassen. Als mir plötzlich ›einfiel‹, daß ich Oliver noch nichts von Papas Telegramm erzählt hatte, war die Nachricht für ihn ebenso überraschend, wie sie für Sophia gewesen war.

›Großer Gott‹, sagte er, aus seiner gewohnten Gelassenheit aufschreckend. Er konnte es sich nicht versagen, einen raschen Blick zu Sophia hinüberzuwerfen, die den Kopf gesenkt hielt und ein rätselhaftes Gesicht machte.

›Ist das nicht schön?‹ fragte ich lächelnd.

›Wunderschön‹, bestätigte er und versank in Schweigen.

Harry zog sich, wie stets, früh auf sein Zimmer zurück, aber ich blieb entschlossen mit meinem Nähzeug unten sitzen. Oliver hatte sich hinter der Zeitung verschanzt, aber Sophia fand keine Ruhe. Schließlich setzte sie sich ans Klavier. Die Lautstärke des Liszt-Stückes verriet wilde Verzweiflung. Ich erhob mich gähnend. Ich wolle vor dem Schlafengehen noch eine Runde durch den Garten machen, sagte ich.

Dann stand ich draußen in der Dunkelheit und lauschte.

›Was sollen wir tun, Noll?‹ fragte Sophia leise und gequält. ›Was sollen wir nur tun?‹

›Es war so unerwartet, ich habe noch nicht darüber nachdenken können.‹

›Aber du mußt dir etwas einfallen lassen‹, verlangte sie gebieterisch, in diesem Augenblick wieder ganz die alte.

›Es bleibt uns noch die Hebamme.‹

›Der erst letzten Monat ein junges Mädchen unter den Händen gestorben ist? Ja, mein Tod wäre für dich wahrscheinlich eine bequeme Lösung‹, sagte sie bitter.

›Sei nicht albern.‹

›Außerdem ist es dafür zu spät. Viel zu spät.‹

›Was dann? Sollen wir zusammen verschwinden?‹

›Und was hätten wir davon? Dann wäre all unsere Mühe umsonst gewesen, die langen Jahre wären vergeudet. Wie kannst du nur so leichtfertig daherreden? Bedenke den Skandal, es wäre das Ende deiner Karriere. Wir wären bettelarm und hätten zu allem Überfluß noch ein Kind, mein guter Name wäre ruiniert. Was sollen wir nur tun?‹

›Ich geb's auf‹, sagte er wie ein kleiner Junge, dem es nicht gelungen ist, ein Rätsel zu lösen.

›Es ist ebenso dein wie mein Problem, mein Lieber, du kannst jetzt nicht einfach kapitulieren.‹

›Sag mir, was ich tun soll, und ich tu's.‹

›Ich bin so unglücklich. Ich bin ganz krank von all den Mitteln, ich habe keinen Mut mehr, und ich habe Angst vor Edward. In seiner Leidenschaft ist er unberechenbar. Wenn er es erfährt . . . Das bringt ihn um.‹

›Vielleicht ist das die Lösung‹, sagte Oliver.

›Was meinst du damit?‹

›Falls er stirbt . . .‹

Einen Augenblick lehnte ich wie versteinert an der Hauswand. Ich spürte die aufgespeicherte Wärme der Ziegel an meiner kalten Haut. Die Gedanken summten wie ein aufgescheuchter Bienenschwarm in meinem Kopf herum. Ich flüchtete mich vor dem klaren Licht der Sterne in den dichten Schatten der Bäume. Erst als ich die Hände ans Gesicht hob und spürte, daß meine Wangen naß waren, merkte ich, daß ich weinte.«

»War Ihnen denn vorher noch nicht klar gewesen, daß Ihre Stiefmutter schwanger war?« fragte Lancelot Jones.

»Ich war sehr jung und sehr dumm«, gestand die alte Dame. »Das müßte auch Ihnen inzwischen aufgegangen sein. Und nicht deshalb weinte ich, obgleich die Erkenntnis zweifellos ein Schock für mich war. Nein, meine Tränen galten Papa. Ich hatte furchtbare Angst um ihn. Auch ich war der festen Überzeugung, daß die Wahrheit ihn entweder umbringen oder ihn so zerschmettern würde, daß man ihm nur noch den Tod wünschen konnte.

Wie lange ich durch die warme, von Nachtfaltern durchschwirrte Dunkelheit irrte, weiß ich nicht. Harry stöberte mich im Garten auf, und in meiner Wut und Ratlosigkeit und Angst erzählte ich ihm alles. Ich weiß, daß war eigentlich unverzeihlich, aber wir waren uns in den letzten Wochen wieder so nahe gekommen, und ich brauchte ihn als Zeugen. Er war zutiefst erschüttert, der Ärmste. Durch Sophia hatte er die erste schüchterne Jugendliebe entdeckt, er hatte sie angebetet, für ihn war sie eine Göttin gewesen. Doch dann begann seine Schwärmerei sie zu langweilen, seine jungenhafte Ritterlichkeit ödete sie an. Vielleicht hatte sie, nachdem Papa abgereist war, auch einfach keine Verwendung mehr für ihn. In seiner Ahnungslosigkeit hatte er ihre eisige Ablehnung beim besten Willen nicht begreifen können. All das gestand er mir, während wir durch die milde Septembernacht gingen oder in dem tiefen Schatten der Zeder saßen, auf die wir so oft geklettert waren.« Die alte Dame zuckte philosophisch die Schultern. »Wir alle müssen uns früher oder später von unseren Illusionen trennen. Je eher wir damit anfangen, desto besser. Harry würde schon darüber hinwegkommen, sagte ich mir, es war uns allen nicht besser gegangen.

Alle gaben sich Papa zuliebe die größte Mühe. Wir Frauen umschmeichelten und liebkosten den heimkehrenden Helden, während Harry und Oliver – Männer haben so viel weniger Talent zur Täuschung – verlegen herumstanden. Nur der kleine Edgar war von den Spannungen unberührt und ganz unbefangen. Er konnte sich nicht mehr so recht an Papa erinnern, akzeptierte aber das neue Gesicht, ohne viel Aufhebens darum zu machen.

Wir fühlten uns wohl alle befangen Papa gegenüber. Seit seiner Abreise war so viel geschehen, daß er uns ganz fremd vorkam. Es gab eine kritische Situation, als er die Geschenke verteilte, die er für uns mitgebracht hatte. Sophia hatte er einen mit Türkisen besetzten

Goldfiligrangürtel zugedacht, eine wunderschöne singalesische Goldschmiedearbeit, aber leider viel zu schmal für Sophias Taille. Eine verräterische Röte überzog ihren Hals. Als er sie bat, den Gürtel umzulegen, wurde sie leichenblaß und schob das Geschenk von sich.

›Türkise bringen mir Unglück, ich trage sie nie. Es tut mir leid, Edward, du konntest das nicht wissen.‹

›Komm, sei nicht wunderlich, mein Schatz. Wir sind schließlich keine Heiden, die an den Einfluß von Steinen, Farben und Gestirnen auf unser Leben glauben.‹

›Ich kann mir nicht helfen, Edward, aber es ist nun einmal so‹, erklärte sie mit schwankender Stimme.

›Du albernes kleines Geschöpf.‹ Er lachte. ›Leg ihn wenigstens einmal um, Liebling, tu mir den Gefallen. Ich verspreche dir, daß du nicht tot umfallen wirst.‹

›Bitte, zwinge mich nicht dazu, Edward.‹

›Wie seltsam du bist, Liebste.‹ Der arme Papa war ratlos. ›Wie kommt es, daß eine Frau sich weigert, ein so schönes – und übrigens auch sehr teures – Stück zu tragen?‹

›Bitte denk nicht, daß ich undankbar bin, Ned. Aber du mußt ein bißchen Geduld mit mir haben. Es ist vielleicht nur eine Laune, ich weiß, ich bin ein närrisches Ding, aber . . .‹

Ich sah ihm an, daß sie noch genausoviel Macht über ihn hatte wie früher. In diesem Augenblick war es, als sei die Welt um sie versunken. Papa verlor sich ganz in ihrem Blick.

›Der Gürtel ist zu klein für Sophia, Papa‹, schaltete ich mich ein. ›Du wirst ihn Lucy schenken müssen.‹

Lucy klatschte begeistert in die Hände, doch Papa widersprach. ›Ich werde doch noch die schmale Taille meiner kleinen Frau kennen, Kind.‹ Zärtlich legte er einen Arm um Sophia.

Sie hatte ihre Fassung wiedergewonnen. ›Ich habe mich verändert, Liebster. Leider . . . Nach der Krankheit habe ich nie mehr meine frühere Figur zurückbekommen. Du hast ein junges Mädchen verlassen, zurückgekehrt bist du zu einer reifen Frau.‹ Sie warf ihm einen schmelzenden Blick zu, und der gefährliche Augenblick war vorbei.

Ich fragte mich, wie lange Sophia ihr Geheimnis wohl noch würde für sich behalten können. Sie schnürte sich sehr eng, und zweimal wurde sie ohnmächtig. Ich ertappte mich dabei, daß ich sie mißtrauisch beobachtete. Nicht nur sie. Sondern auch Papa. Und Oliver. Ich hörte noch immer Olivers Stimme: *Vielleicht ist das die Lösung* . . . Und: *Falls er stirbt* . . . Es war wie ein quälendes Echo, das in meinem

Kopf hallte. Als Oliver ein Glas für Papa einschenkte, stellte ich mich absichtlich ungeschickt und stieß es um.«

»Warum?« fragte der junge Mann unerwartet. Die alte Dame blinzelte überrascht.

»Weil ich Angst hatte. Ich fürchtete, sie könnten versuchen, ihn umzubringen. Das war keine reine Hysterie. Das Unheil hing schwer, fast greifbar über dem Haus.

Und dann war plötzlich alles vorbei. Es war Freitag, der dreizehnte September, der Freitag nach Papas Heimkehr.

Es war ein drückendheißer Tag, die Nerven vibrierten, alle Welt war gereizt. Harry und Oliver waren wie üblich in die Stadt gefahren, aber Papa (der am Mittwoch und Donnerstag ebenfalls im Kontor gewesen war) erklärte an diesem Tag, er habe daheim dringende geschäftliche Dinge zu erledigen, und hatte sich den ganzen Tag in sein Zimmer zurückgezogen, um zu schreiben. Lucy und ich waren mit Edgar zum Picknick an den Strand gegangen, was wir schon lange nicht mehr gemacht hatten. Wir kamen vor sechs zurück, weil Edgar zeitig ins Bett mußte. Papa stand mit verdrießlichem Gesicht in der Diele, seine Briefe in der Hand, und fragte, wo Sophia sei.

Wenn sie nicht im Haus sei, meinte ich, sitze sie wahrscheinlich im Garten. Ich hörte, wie er nach ihr rief, und ging langsam die Treppe hinauf, um meinen Strohhut mit der Stiefmütterchengarnitur abzunehmen. Ich war plötzlich so müde, daß ich am liebsten angefangen hätte zu weinen. Aber ich dachte an Papa, und nachdem ich mir die Hände gewaschen und meine Frisur gerichtet hatte, ging ich nach unten, um nach ihm zu sehen.

Ich fand ihn mit Sophia in der verwilderten Gartenecke. Er sah und hörte mich nicht. Er hatte einen Brombeerzweig in der Hand, den er wohl hatte aus dem Weg drücken wollen, und umklammerte ihn, ohne der Dornen zu achten, die in sein Fleisch drangen. Sie lag halb auf der steinernen Gartenbank, halb auf dem Boden. Das rote Haar hatte sich gelöst und leuchtete feurig in den letzten Strahlen der Sonne. In der dunklen Efeuhecke hinter ihr summten metallisch schimmernde Fliegen. Es war der einzige Laut in dem stillen Garten. Sophias Kragen hatte sich, wohl durch die heftige Bewegung, geöffnet, und ihr Rock fiel in schönem Faltenwurf um ihre Knie. Wie sie dort zwischen den Heckenrosen und Winden und glitzernden Spinnweben lag, erinnerte sie mich an Ophelia. Man hätte denken können, sie sei nur ohnmächtig geworden – bis man ihr Gesicht sah. Der Ausdruck blanken Entsetzens, einer kaum noch menschlichen Verkrampfung war unvorstellbar gräßlich. Ich schrie unwillkürlich auf. Der Laut weckte Papa aus seiner Betäubung, und er sah mich aus leeren Augen an.

›Was ist geschehen?‹ fragte er heiser.

Ich ging zu ihm und legte mein Gesicht an seine Brust. ›Mein armer Papa. Komm fort von hier. Sie ist tot.‹

7 Mr. Pierce ermittelt

Sobald wir wieder im Haus waren, klingelte ich nach Beulah und schickte sie nach dem Arzt, Mrs. Sheridan sei unwohl. Papa sah bleich und betäubt aus, als habe ihm jemand einen Schlag über den Schädel versetzt. Ich schenkte ihm einen großen Brandy ein, damit er sich wieder etwas fassen konnte, ehe der Arzt kam. Es war wohl die Sorge um ihn, die mich vor dem Zusammenbruch bewahrte.

Der Arzt war uns unbekannt. Ich glaube nicht, daß wir seit Mamas Tod jemals ärztliche Hilfe in Anspruch genommen hatten. Man war damals nicht so verweichlicht wie heute, und wir waren immer eine gesunde Familie gewesen. Dr. Scott gehörte zu jenen herzhaft-robusten Typen, die den Begriff Krankheit alles in allem für Unsinn halten.

›Na, wo fehlt's denn?‹ fragte er rauh, aber herzlich, und rieb sich die Hände in kindlichem Vergnügen bei der Aussicht auf eine neue wohlhabende Patientin. Ich war gespannt, wie er reagieren würde, wenn sich herausstellte, wo es fehlte. Aber dem Tod gegenüber änderte er sein Verhalten, wurde ganz professionell. Ich hatte den Eindruck, daß er die Tote behutsamer berührte, als er es mit einer Lebenden getan hätte. Er brauchte nicht lange, um festzustellen, daß das Leben unwiderbringlich erloschen war. Papa fragte mit seltsam hoher Stimme, wie sie gestorben war.

›Über die Todesursache wird die Obduktion Auskunft geben‹, sagte Dr. Scott.

›Das möchte ich nicht‹, widersprach Papa, wieder mit dieser unnatürlich hohen Stimme. ›Lassen wir sie doch in Ruhe. Meine geliebte Frau hat genug gelitten.‹ Und dann begann er zu schluchzen.

›Es wird sich leider nicht vermeiden lassen‹, sagte der Arzt förmlich. ›Ehe die Todesursache nicht feststeht, kann ich den Totenschein nicht unterschreiben. Bei einem plötzlichen, unnatürlichen Tod bin ich genötigt, die Polizei einzuschalten, so unangenehm das auch sein mag.‹

›Die Polizei?‹ wiederholte Papa betäubt.

Übelkeit stieg in mir auf. Eine Fliege, eine kleine, summende, glitzernde Fiege, spazierte auf Sophias weißem Hals auf und ab und machte mir deutlicher als alles vorher, daß Sophia wirklich und wahrhaftig tot war. Das Summen wurde immer lauter, bis die brausende Schwärze es verschluckte.

Ich roch den bitteren Duft zerdrückter Efeublätter, als ich wieder zu mir kam. Die stumpfschwarzen Beeren und die steifen glänzenden Blätter hingen über mir wie ein Grabkranz, Der Arzt wollte nicht zulassen, daß ich im Garten blieb, bis die Polizei kam. Ich müsse mich in meinem Zustand vorsehen, sagte er, der Schock sei ohnehin schon groß genug gewesen. Papa solle auf mich achtgeben. Und ich war froh, über den Vorwand Papa ins Haus zu bekommen. Er setzte sich an die Couch, auf der ich lag, und streichelte traurig, mit schuldbewußtem Gesicht meine Hand. Ich begriff nicht, weshalb er so unglücklich aussah. War ihm denn nicht klar, daß wir alle ohne sie viel glücklicher sein würden?

Aber es sollte anders kommen. Die Uhr läßt sich nicht zurückdrehen, es war töricht von mir zu glauben, wir könnten alle noch einmal von vorn anfangen.

Die Polizei war noch im Garten bei ihrem traurigen Geschäft, als ich die Kutsche mit Oliver und Harry heranrollen hörte. Ich ging sofort hinaus, um ihnen den schlimmsten Schock zu ersparen. Ich muß wohl sehr blaß und verstört ausgesehen haben, denn Harry sprang rasch aus dem Wagen und rief: ›Was ist passiert, Blanche Rose?‹

›Es ist nichts, hab' keine Angst.‹ Aber ehe ich wieder zu Atem kommen konnte, sagte Oliver scharf:

›Es ist etwas mit Sophia. Wo ist sie? Laßt mich zu ihr.‹ Es klang wie ein Schrei.

›Das geht nicht, Oliver.‹ Ich griff nach seinem Mantel. Er riß sich los und lief zum Haus. ›Harry, halt ihn auf‹, rief ich. ›Oliver, bitte nimm dich zusammen, du kannst gar nichts tun.‹

Er wandte sich um und starrte mich an.

›Sie ist tot‹, sagte er, weiß bis an die Lippen. ›Ich habe es gewußt.‹ Sein flammender Blick traf mich, ohne mich wahrzunehmen, in seinen Augen standen Qual und Anklage zugleich.

Ich legte die Hand an die Stirn. ›Wir fanden sie – ich kann es noch kaum glauben – vor etwa einer Stunde. Der Arzt und die Polizei sind noch bei ihr.‹

›Die Polizei?‹ fragten sie wie aus einem Munde. ›Warum denn die Polizei?‹

›Angeblich ist das eine Formalität bei einem unerwarteten Todesfall. Sie war allein, als sie starb. In ihrer Lieblingsecke im Garten. Niemand weiß bisher, wie es geschehen ist.‹

Ich wollte nicht, daß Oliver sie sah, ich wollte nicht, daß ihr grauenhaft verzerrtes Gesicht ihn bis an sein Lebensende verfolgte, aber er ließ sich nicht abhalten. Ich ging zwischen den beiden Männern über den Rasen und durch das verwitterte blaue Pförtchen in den hinteren Teil des Gartens. Ihre grotesk verlängerten Schatten liefen ihnen voraus, die Zylinder waren so hoch wie Schornsteinaufsätze, sie sahen aus wie die bezahlten Trauergäste auf einer Beerdigung.

In ihren dunklen Stadtanzügen wirkten sie in dieser grünen Wildnis ebenso fehl am Platz wie die Polizisten. Irgend jemand hatte das Gesicht der Toten bedeckt. Mit einem unterdrückten Schrei stürzte Oliver vor, kniete neben der Leiche nieder und hätte sich über sie geworfen, wenn nicht ein Polizeibeamter ihn noch rechtzeitig gepackt hätte. Ein paar Sekunden kämpften sie stumm und unheimlich ernst miteinander, dabei streifte einer von ihnen gegen die Tote, unter dem Tuch kam eine Rockfalte zum Vorschein, ein weißer Schmetterling flatterte daraus hervor und blieb am Boden liegen. Es war nur ein Stückchen Papier, etwa viermal sechs Zentimeter groß, weder beschrieben noch sonst irgendwie gekennzeichnet, mit einer Längs- und einer Querfalte. Hätte man mich gefragt, was das war, hätte ich Auskunft geben können. Aber mich fragte niemand. Sobald der Polizist das kleine weiße Ding sah, ließ er Oliver los, hob es auf, drehte es neugierig zwischen den Fingern und schob es dann in einen Umschlag. Erst dann wandte er sich an Oliver. ›Tut mir leid, Sir, wenn ich Sie ein bißchen hart angefaßt habe, aber ich muß Sie bitten, die Leiche nicht zu berühren, bis wir unsere Ermittlungen abgeschlossen haben.‹

›Die Leiche . . . Mein Gott‹, sagte Oliver und begann zu lachen.

Der Polizist schüttelte ihn wie eine Flickenpuppe, es war wohl die einzige Möglichkeit, die beginnende Hysterie zu bremsen. Dann lehnte Oliver schlaff und erschöpft, weiß wie ein Pierrot, an einem Baum.

›Darf ich um Ihren Namen bitten, Sir?‹ sagte der Polizist höflich, aber mit der zähen Beharrlichkeit seines Berufsstandes.

Ich ging zu Oliver hinüber und hakte mich bei ihm ein. Er sah so kaputt, so verloren aus, daß ich für ihn antwortete. ›Er ist mein Mann‹, erklärte ich mit hoher, klarer Stimme. ›Mr. Oliver Bridgewater. Er war ein Vetter der zweiten Mrs. Sheridan‹, fügte ich erläuternd hinzu.

Daß man bei dem plötzlichen, gewaltsamen Tod einer nahen Anverwandten einen Schock bekommt, ist ja wohl verzeihlich. ›Der junge Mann hier ist mein Bruder‹, sagte ich und deutete auf Harry, der mit verängstigtem Gesicht ein Stück weiter weg stand.

›Ich wäre Ihnen dankbar, wenn Sie uns jetzt allein lassen würden, damit wir weitermachen können‹, sagte der Polizist. ›Wir werden später noch miteinander zu reden haben.‹

›Worüber?‹ fragte ich scharf und drehte mich noch einmal um.

›Eins nach dem anderen, wenn Sie gestatten, Madam. Sie werden zu gegebener Zeit erfahren, worum es sich handelt‹, sagte er gelassen. Und plötzlich war er nicht mehr ein beamtetes Nichts, kein bloßer Bediensteter, wie ein Kellner oder ein Verkäufer, sondern ein menschliches Wesen mit einem Willen, genau wie ich. Ein Mensch mit einer gefährlichen, unsympathischen Persönlichkeit.

Während wir zum Haus zurückgingen, erzählte ich den beiden Männern, was ich von dem Unglück wußte. ›Ich kann mir nicht denken, weshalb dieser Polizeimensch mit euch reden will. Ihr wart doch gar nicht hier.‹

›Für die muß eben alles seine Ordnung haben‹, sagte Harry. ›Mach dir keine Sorgen, Blanche, es ist bestimmt nichts dabei.‹

›Was sollte auch dabei sein?‹ gab ich zurück.

Es machte nervös, auf den Polizisten zu warten, denn er ließ sich Zeit. Ich kämmte mir das Haar und steckte es neu auf und badete meine Hände in Eau de Cologne.

Beulah klopfte und verkündete, Mr. Pierce wolle mich sprechen.

›Mr. Pierce? Ich kann jetzt niemanden empfangen. Hat er gesagt, was er will?‹

›Es ist der Polizist, M'm.‹

Daß er seinen Namen genannt hatte, amüsierte mich. ›Wo ist er?‹

›Im Salon.‹

›Du hättest ihn in den Empfangsraum führen sollen, Beulah‹, sagte ich streng. Der Mann war ja geradezu anmaßend. ›Inzwischen müßtest du eigentlich wissen, daß nur angemeldete Besucher in den Salon geführt werden. Sonstige Besucher gehören in den Empfangsraum, und andere Personen in die Diele. Er hätte in der Diele warten können.‹

›Ich hab' ihn nirgendwohin geführt, M'm, er ist von ganz allein reingegangen.‹

›Du bist ein sehr törichtes Mädchen, Beulah. Was hättest du getan, wenn es ein Dieb gewesen wäre, der von ganz allein in den Salon gegangen wäre? Woher wolltest du wissen, daß es wirklich ein Polizist ist?‹

›Er hatte seine Uniform an, M'm.‹

›Sei nicht frech, Beulah. Du kannst gehen.‹ Ich warf einen Blick in den Spiegel und steckte mir noch ein sauberes Taschentuch ein. Ich sah blaß und ernst aus, registrierte aber mit Befriedigung, daß ich äußerlich kühl und gefaßt wirkte. Langsam ging ich hinunter.

Er stand vor dem Porträt von Mama, die in dem blauen Hut und mit dem hellen, gekräuselten Haar, das Lucy von ihr geerbt hatte, sehr anmutig und ein wenig keck aussah.

›Die erste Mrs. Sheridan, Madam?‹ Er wandte sich mir zu. ›Es tut mir leid, daß ich in diesem Augenblick Ihre Trauer stören muß, aber glauben Sie mir, es bleibt mir nichts anderes übrig. Ich möchte Ihnen nur ein paar kurze Fragen stellen.‹

›Bitte setzen Sie sich doch. Was möchten Sie wissen?‹

›Wer hat sie zum letzten Mal lebend gesehen?‹

›Ich habe keine Ahnung. Vielleicht war ich es sogar.‹

›Um welche Zeit war das, Madam?‹

›Bedauere, darauf habe ich nicht geachtet. Es war auf jeden Fall nach dem Mittagessen, sie ging gerade auf ihr Zimmer, und ich war auf dem Weg nach unten, weil ich mit der Köchin wegen des Picknicks sprechen wollte. Es muß gegen zwei oder kurz danach gewesen sein.‹

›Ja. Gefunden wurde sie nach sechs. Saß sie gewöhnlich in dieser abgelegenen Ecke?‹

›Ja, es war ihr Lieblingsplatz. Sie hielt sich gern allein dort auf.‹

›In was für einer Stimmung war die Verstorbene in letzter Zeit?‹

›Ich würde sagen, sie war so wie immer‹, antwortete ich vorsichtig.

›Nicht bedrückt, keine Depressionen?‹

Damit war er der Wahrheit bereits unangenehm nahe gekommen. Ich schüttelte den Kopf.

›Und sie hatte, soweit Sie wissen, keine Sorgen?‹

›Ich wüßte nicht, was für Sorgen sie hätte haben sollen.‹

›Sie war also allem Anschein nach glücklich und zufrieden?‹

›Warum nicht? Schließlich war ja ihr Mann gerade zurückgekommen‹, konterte ich.

›Mr. Sheridan war also verreist?‹

Ich hätte mich ohrfeigen mögen. Das kommt davon, wenn man superschlau sein will. Nun mußte ich ihm natürlich sagen, daß Vater ein halbes Jahr in Indien und Ceylon gewesen und erst am Dienstag heimgekehrt war.

Der Polizist betrachtete mich mit einem sonderbaren Blick. ›Davon hat Mr. Sheridan mir nichts gesagt.‹

›Vielleicht hielt er es nicht für wichtig‹, meinte ich ziemlich lahm.

›Nicht wichtig, wenn seine Frau plötzlich und auf geheimnisvolle Weise direkt nach seiner Heimkehr stirbt?‹

›Aber – aber was hat seine Heimkehr damit zu tun?‹ stotterte ich. ›Ihr Tod war doch ein Unglücksfall – oder?‹

›Das wird der Coroner bei der Leichenschau entscheiden müssen.‹

›Bei der Leichenschau?‹ Ich machte große Augen. ›Warum muß eine Leichenschau durchgeführt werden?‹

›Um festzustellen, wie und warum Mrs. Sheridan ums Leben gekommen ist.‹

›Aber das ist ja schrecklich.‹ Ich preßte die Hände zusammen. Mein Gesicht brannte bei dem Gedanken an den Skandal. Ich fragte bittend, ob es denn keine Möglichkeit gab, dieses öffentliche Spektakel zu vermeiden. Ich drohte die Fassung zu verlieren, als mir aufging, daß Papa nun unter den gierigen Augen und Ohren der Öffentlichkeit von der Untreue seiner Frau erfahren würde.

Der Polizist versuchte mich zu beruhigen. Kein Grund zur Besorgnis, es würde alles ganz offen und ehrlich zugehen.

›Eine junge Dame mit Ihrer Geistesgegenwart, Madam, dürfte so etwas nicht schrecken‹, sagte er. ›Wirklich bemerkenswert, wie Sie sich in der Gewalt hatten, nachdem Sie Ihre tote Stiefmutter gefunden hatten. Wenn ich denke, daß eine Tochter von mir so etwas Schreckliches hätte sehen müssen . . . Und daß es gewissermaßen eine nahe Verwandte war, macht die Sache natürlich noch schlimmer.‹ Er warf mir einen vogelgleichen Blick zu. ›Bei der Vorstellung, Frauen könnten in den Polizeidienst aufgenommen werden, wird heute zwar noch gelacht, aber wenn wir dabei auf Damen wie Sie zählen könnten, wäre es meiner Meinung nach eine wirkliche Bereicherung.‹«

Mr. Jones runzelte die Stirn. »Haben Sie wirklich geglaubt, Sophias Tod sei ein Unglücksfall gewesen?«

Miss Hine betrachtete ihn nachdenklich. »Manchmal, mein Lieber, glaubt man das, was man gern glauben will.«

»Die Leichenschau fand am Samstagnachmittag in der Dorfschule statt. Wir waren umgeben von hölzernen Schulbänken und Pulten, deren scheußlich gelbgemaserter Anstrich Eiche vortäuschen sollte. Es roch nach heißem Lack und Staub«, erinnerte sich Miss Hine. »Nachdem die Mitglieder der Jury die Leiche inspiziert hatten, begann der Coroner mit dem Aufruf der Zeugen. Beulah kam zuerst an die Reihe. Ihr selbstzufriedenes, teigiges Gesicht mit dem runden Knopfmund glänzte unter einer schillernd-schwarzen Toque.

Zum letzten Mal habe sie ihre Herrin gesehen, sagte sie aus, als sie die Zimmer gelüftet hatte, was täglich zehn Minuten zu geschehen hatte, sofern das Wetter gut war. Als sie durch die Diele ging, hatte sie beobachtet, wie Mrs. Sheridan die Treppe hinunterging und in den Garten ging zu der Ecke, in der sie immer zu sitzen pflegte. Das mußte so gegen drei gewesen sein.

›Hat Mrs. Sheridan Sie angesprochen?‹ fragte der Coroner.

›Sie hat mich nicht bemerkt.‹

›Haben Sie Mrs. Sheridan danach noch einmal lebend gesehen?‹

›Nä‹, sagte Beulah mit ihrem lustigen Essex-Akzent.

›Wir dürfen also davon ausgehen, daß Sie die letzte waren, die Mrs. Sheridan lebend gesehen hat.‹

›Nä‹, sagte Beulah, die ihre Rolle sichtlich, wenn auch mit der ihrem Stand angemessenen Zurückhaltung, genoß.

›Wer hat sie danach noch gesehen?‹

›Der junge Mann doch.‹

›Was für ein junger Mann?‹

›Weiß nicht, wie er hieß.‹

›Wo haben Sie ihn gesehen?‹

›Er ist ins Haus gekommen und wollte den Herrn sprechen, und wie ich ihn nach seinem Namen gefragt hab, hat er ihn nicht verraten. Frech war er. Wie ich ihm sag, der Herr empfängt niemanden nicht, wenn er nicht weiß, wer es ist, da schreibt er was auf 'n Stück Papier und hat's in 'nen Umschlag gesteckt, und ich sollt's dem Herrn bringen. Aber der Herr hat ihn auch dann nicht empfangen. Wütend war er.‹

›Wer? Der junge Mann?‹

›Na, der Herr. Den Zettel hat er zerrissen, in ganz kleine Fetzen, und richtig aufgelöst hat er ausgesehen. Der junge Mann, der ist fuchsteufelswild geworden, wie ich's ihm gesagt hab, ganz rabiat. Na, dich möcht ich nicht zum Feind haben, hab ich mir gedacht.‹

›Und was geschah dann?‹

›Dann hat er gesagt, er will Mrs. Sheridan sprechen. Sie ist im Garten, hab ich gesagt, und ehe ich Zeit hab, sie zu fragen, ob sie ihn empfangen will, sagte er, ich soll mir keine Mühe machen, er findet schon den Weg, und haste nicht gesehen, war er schon weg.‹

›Was haben Sie dann getan?‹

›Bin ins Haus gegangen und hab die Tür zugemacht.‹

Als nächster Zeuge wurde Papa aufgerufen und nach dem geheimnisvollen jungen Mann gefragt. Es sei ein völlig Unbekannter gewesen, sagte er, und er habe ihn nicht empfangen wollen, weil der Name ihm nichts gesagt habe. Während seiner Abwesenheit hätte sich sehr vieles angesammelt, was dringend der Erledigung bedurfte, deshalb hatte er den gestrigen Tag in seinem Arbeitszimmer verbracht, das er – bis aufs Mittagessen – erst am späten Nachmittag verlassen hatte, um die Briefe zur Post zu geben. Er hatte sich dann auf die Suche nach seiner Frau gemacht. Er beschrieb in knappen, tonlosen Sätzen, sichtlich um Beherrschung ringend, wie er sie im Garten gefunden hatte. Beinahe hätte er aber doch noch die Fassung verloren, als der Coroner ihn fragte, ob er und seine Frau ein gutes Verhältnis zueinander gehabt hatten.

›Das bestmögliche Verhältnis.‹ Er war sehr blaß geworden.

›Sie waren im Ausland, nicht wahr?‹

›Ja. Sieben Monate.‹

Danach wurde ich vernommen, aber ich sollte nur Papas Aussage bestätigen und schildern, wie ich den Tag verbracht hatte. Dann kam eine mollige, gutmütig wirkende junge Frau, die aussah wie eine Bauerstochter. Sie hatte rote Apfelbäckchen, blonde Locken, in einem Farbton, der schöner war, als die Natur ihn hätte hervorbringen können, und trug einen lächerlich vornehmen Hut.

›Wie heißen Sie?‹ fragte der Coroner.

›Aber Sie kennen mich doch‹, sagte sie vergnügt. ›Ich bin die Polly Snoakes, Schankfrau im *Shepperton Horse*.‹

Das *Shepperton Horse* war das einzige Wirtshaus des Dorfes. Ich konnte mir nicht vorstellen, was sie mit Sophias Tod zu tun haben sollte, aber wie sich herausstellte, ging es um unseren geheimnisvollen Besucher. Er war am Donnerstagabend im *Shepperton Horse* erschienen und hatte gesagt, er wolle ein, zwei Nächte bleiben. Er nannte sich Dunstable. Meist hielt er sich im Gastraum auf, erzählte von Kanada oder erkundigte sich nach den Verhältnissen im Dorf und insbesondere nach den Bewohnern der *Grange*. Über seine eigene Person schwieg er sich aus. Polly Snoakes hatte ihn für einen Handelsreisenden gehalten. Am Freitagnachmittag kam er fein herausgeputzt aus seinem Zimmer. Er wolle jetzt sein Glück versuchen, hatte er gesagt. Sie sah ihn nie wieder. Seine Rechnung hatte er nicht bezahlt, aber er mußte noch einmal ins Wirtshaus zurückgekommen sein, denn sein Gepäck war verschwunden.

Fremde waren so selten in unserem Dorf, daß kaum ein Zweifel daran bestehen konnte, daß es sich um den gleichen Mann handelte. Ich fand das merkwürdig und warf Papa einen vorsichtigen Seitenblick zu, aber sein Gesicht blieb ausdruckslos.

Der nächste wichtige Zeuge war Dr. Scott, der die Obduktion vorgenommen hatte. Zu meiner Überraschung beschrieb er die Tote als eine Frau von etwa dreißig Jahren. Wir hatten ihre Angabe, sie sei vierundzwanzig, nie in Zweifel gezogen. Die Lüge, über die ich mich früher empört hätte, fand ich jetzt nur noch bemitleidenswert.

Dr. Scott fuhr fort: ›Die Tote war im vierten Monat schwanger, allem Anschein nach handelte es sich um einen völlig normalen Schwangerschaftsverlauf.‹

Ich wagte es nicht, Papa anzusehen. Das war auch nicht nötig. Ich hatte heimlich seine Hand ergriffen und merkte, daß sie bei diesen Worten schweißnaß geworden war. Durch das stickige Schulzimmer ging ein unheimliches Raunen.

Der Coroner räusperte sich verlegen. ›Gehört das zur Sache, Doktor?‹

›Das können nur Sie beurteilen, Sir. Ich lege hier nur meine Untersuchungsergebnisse vor.‹

›Wir sind hier zusammengekommen, um festzustellen, wie Mrs. Sheridan zu Tode gekommen ist. Alle Fakten, die strikt zur Sache gehören, sind für unseren Urteilsspruch wichtig. Natürlich dürfen Sie dem Gericht nicht mit Belanglosigkeiten aus der Privatsphäre die Zeit stehlen und die Familie der Verstorbenen nicht durch üble Nachrede kränken, aber alles, was zur Sache gehört, müssen wir uns anhören, so unerfreulich es auch sein mag.‹

›Mrs. Sheridan ist an einer Cyanidvergiftung gestorben‹, sagte der Arzt scharf. ›Vielleicht haben Sie die Güte mir mitzuteilen, ob das zur Sache gehört.‹

Der Coroner bat ihn fortzufahren.

›Der Tod muß augenblicklich eingetreten sein‹, erklärte Dr. Scott, ›und zwar ein bis drei Stunden vor meinem Eintreffen, denn die

Leichenstarre hatte noch nicht eingesetzt. Zyankali ist die kristalline Form von Blausäure und ein tödliches Gift.‹

Eines der Jurymitglieder fragte, ob es möglich sei, es versehentlich statt eines anderen Mittels einzunehmen.

›Könnte man es zum Beispiel mit Zucker verwechseln?‹

›Wenn man nicht bei der Sache ist und das Gift sich an einem leicht zugänglichen Ort befindet‹, räumte der Arzt ein, ›wäre das nicht ausgeschlossen. ›Aber Zyankali bewahrt man kaum im Küchenschrank oder in der Vorratskammer auf.‹

›Es sei denn, jemand hätte es absichtlich dort deponiert‹, bemerkte das Jurymitglied halblaut.

›Für einen Laien ist es gar nicht so einfach, sich Zyankali zu beschaffen‹, erklärte der Arzt. ›Man muß beim Apotheker nachweisen, wofür man es braucht und muß im Giftbuch den Empfang quittieren.‹

Sonst ergab sich nichts von Interesse. Die Jury konnte sich über die Frage, ob Sophia das Gift absichtlich oder versehentlich genommen hatte, nicht einig werden. Und wenn sie es versehentlich genommen hatte, blieb die Frage, wie es in ihren Besitz gekommen war.

Der Coroner vertagte die Leichenschau und ordnete weitere Ermittlungen an, um festzustellen, wie und durch wen das Gift beschafft worden war.

Die nächsten Tage waren furchtbar. Ich glaube, es waren die schlimmsten Tage meines Lebens. Papa schloß sich in seinem Zimmer ein und ließ niemanden zu sich, Essen, das auf einem Tablett vor seiner Tür abgestellt wurde, blieb unberührt. Hätten wir nicht gelegentlich im Zimmer seine Schritte gehört, hätten wir nicht gewußt, ob er tot oder lebendig war.

Gelegentlich sprachen Besucher vor, deren traurig-frommer Gesichtsausdruck in erschreckendem Gegensatz zu ihren gierig lauernden Blicken stand. Wenn wir uns einmal hinauswagten, sahen wir, daß sich uns auf der Straße alle Gesichter zuwandten wie Blumen, die sich nach der Sonne drehen. So blieb uns nichts weiter übrig, als den ganzen Tag untätig in verdunkelten Räumen herumzusitzen. Zumindest konnten wir jene Achtung für uns in Anspruch nehmen, die einem Trauerhaus zukommt. Aber es gab nichts, was diese leeren, endlosen Stunden gefüllt hätte. Uns blieben nur die unvermeidlichen, unbehaglichen Überlegungen, die Tote betreffend, und die Frage, was geschehen war und wie es geschehen war und was in nächster Zukunft geschehen würde. Indessen ging die Polizei bei uns aus und ein. Wenn man ein Zimmer betrat, konnte es einem immer wieder passieren, daß man auf einen Polizisten stieß, der gelassen den Inhalt eines Schrankes oder einer Schublade durchsuchte. Sie ahnen gar nicht, wie verletzlich die Privatsphäre durch einen gewaltsamen Tod wird. Und man muß es sich gefallen lassen. Man kann sich wohl vorstellen, daß das eine schwere nervliche Belastung bedeutete. Selbst der Unschuldigste fühlt sich schmerzlich bloßgestellt, wenn seine belanglosen, aber ihm so teuren kleinen Geheimnisse vor Fremden enthüllt werden. Und man darf nicht die Beherrschung verlieren, man weiß im voraus, daß sie sich sehr höflich für die ›Ungelegenheiten‹ entschuldigen und ungerührt weitermachen werden.

Und dann die Vernehmungen . . . Ein Polizeibeamter fragt höflich, ob er einen ein paar Minuten belästigen dürfe (als könne man sich damit herausreden, daß man etwas anderes, Dringenderes zu erledigen hätte!) und stellt zwei oder drei unwichtige Fragen, deren Bedeutung man hinterher verzweifelt zu durchschauen versucht.

Ständig stand man vor der moralischen Entscheidung zu sagen, was man wußte, oder nach Möglichkeit alles zu vertuschen. War etwas gewonnen, wenn die ganze Wahrheit ans Licht kam? Die bisherigen Enthüllungen hatten bereits irreparablen Schaden angerichtet. Was war von weiteren Entdeckungen an Positivem zu erwarten?

Ich hatte deshalb zunächst den Schlüssel zu Sophias Schublade behalten (die ich selbst abgeschlossen hatte, ehe die Polizei ins Haus gekommen war – weniger aus Angst vor der Polizei als zu Papas Schutz), in der sie die bei ihren Apothekenbesuchen erstandenen Fläschchen und Schächtelchen aufbewahrte. Aber lange, das war mir klar, würde ich dieses Geheimnis nicht hüten können. Die Polizei würde nicht zögern, die Schublade aufzubrechen, oder sie würden einen Hauptschlüssel finden, der zu dem Schloß paßte. Andererseits mußte ich mir genau überlegen, ob ich es wagen durfte, die Mittelchen einfach wegzuwerfen. Vielleicht wurden sie später noch gebraucht. Schließlich ging ich zu Mr. Pierce und gab ihm den Schlüssel. Ich hätte ihn zufällig in einer kleinen geschnitzten Schachtel gefunden, sagte ich.

›Könnte sie sich nicht das Gift selbst besorgt haben?‹ fragte ich.

›Um Selbstmord zu begehen, meinen Sie?‹

›Nein, das meine ich eigentlich nicht. Man hört doch manchmal von Leuten, die ums Leben kommen, weil sie zu große Mengen von einem Medikament genommen haben, das einen gefährlichen Anteil an Giftstoffen enthält. Wenn nur die vorgeschriebene Menge genommen wird, ist ein solches Medikament nicht gefährlich, aber es gibt ja Leute, die sich einbilden, daß die doppelte Menge auch doppelt so gut hilft. Ist es nicht denkbar, daß auch Mrs. Sheridan auf diese Weise eine tödliche Dosis genommen hat?‹

Als er nicht antwortete, fuhr ich fort: ›Ich habe beobachtet, daß sie in letzter Zeit häufig Medikamente einnahm. Wogegen sie helfen sollten oder wer sie ihr verschrieben hatte, weiß ich nicht, aber sie hat die Mittel nicht hier aus dem Dorf. Der Kutscher wird Ihnen bestätigen, daß er sie in die Stadt fahren mußte, dort ist sie oft von einer Apotheke zur anderen gegangen.‹ Ich sah ihn an. ›Und da habe ich mir gedacht, daß eins dieser Mittel vielleicht Zyankali enthalten haben könnte . . .‹

Er sagte noch immer nichts. Er dachte wohl angestrengt nach, denn als ich ihn wieder ansprach, fuhr er fast erschrocken zusammen. ›Entschuldigen Sie, Madam, ich war in Gedanken. Was Sie da sagen, muß natürlich geprüft werden. Wir werden uns bei den Apothekern im Bezirk erkundigen. Leicht wird es nicht sein, da es offenbar um verbotene Mittel ging, aber wir werden sehen, was sich tun läßt. Unsere Chemiker werden uns zumindest sagen können, ob es Abortivmittel gibt, die Cyanid enthalten.‹

Ich sah ihn verständnislos an.

›Mrs. Sheridan versuchte, einen Abort herbeizuführen, nicht wahr?‹ Er runzelte die Stirn und sagte dann langsam und deutlich, als spräche er mit einer schwerhörigen Schwachsinnigen: ›Sie versuchte, das ungewollte Kind loszuwerden.‹

Ich wurde rot und wußte nicht, was ich sagen sollte. Zu jener Zeit war dieses Thema noch tabu. Einen solchen Satz von einer anderen Frau – Sophia zum Beispiel – zu hören, wäre peinlich genug gewesen, aber hier hatte ihn ein Mann – und noch dazu ein fremder Mann – ausgesprochen. Kein Wunder, daß es mir buchstäblich die Sprache verschlug. Er beobachtete mich scharf.

›Ich frage Sie, Madam, wozu hätten diese geheimen Mittelchen sonst wohl gut sein sollen?‹ sagte er schließlich. ›Wäre es ihr darum gegangen, damit Selbstmord zu begehen, hätte sie sich mit der Beschaffung gewiß nicht so viel Mühe gemacht.‹

Ich sah stumm auf meine Hände herunter, die auf der grünen Plüschtischdecke lagen.

›War Ihnen bekannt, daß sich bereits genug Zyankali im Haus befand, um die ganze Familie auszurotten?‹

›Nein, natürlich nicht.‹ Meine Lippen waren steif. Ich versteckte die zitternden Hände im Schoß. ›Wer – wo haben Sie es gefunden?‹

›Im Keller.‹

›Im Keller?‹ wiederholte ich erleichtert. ›Aber das ist doch nur . . .‹ Ich unterbrach mich.

›Ihr Bruder hat es gekauft. Vor etwa einem Monat.‹

›Das ist ganz harmlos‹, sagte ich eifrig. ›Er braucht es für seine Fotografie.‹

›Eben‹, sagte Mr. Pierce mit Nachdruck. ›So heißt es jedenfalls.‹

›Sie meinen, Mrs. Sheridan könnte es sich dort geholt haben?‹ fragte ich.

›Jeder könnte es sich geholt haben.‹

›Harry hat es immer eingeschlossen‹, wandte ich ein.

›In einem Holzschränkchen, zu dem praktisch jeder Schlüssel paßte, ja, das eine Dame mit einer Haarnadel hätte öffnen können. Sie wußten alle, was Ihr Bruder in dem bewußten Schränkchen in der Dunkelkammer aufbewahrte?‹

Ich zögerte. ›Mrs. Sheridan wußte es‹, sagte ich dann. ›In der ersten Zeit ihrer Ehe hat sie Harry oft geholfen.‹

›Wirklich?‹ Das klang überrascht. ›Damals verstand sich Ihr Bruder demnach gut mit ihr?‹

Ich machte große Augen. ›Natürlich. Sie – sie kamen sehr gut miteinander aus.‹

›Und doch hat mir Ihr Bruder selbst erzählt, daß sie sich nicht ausstehen konnten.‹

Ich machte den Mund auf, machte ihn wieder zu, ohne etwas zu äußern. Harry mußte wissen, was er sagte.

In meiner Aufregung hatte ich völlig Sophias Tante, Mrs. Livingstone, vergessen, die ja ganz in unserer Nähe wohnte. Man hätte sich wohl um sie kümmern müssen, man hätte auch dafür sorgen müssen, daß der alten Mrs. Falk die Nachricht schonend beigebracht wurde, aber niemand hatte daran gedacht. Nach dem Rückzug des Haushaltungsvorstandes in die selbstgewählte Verbannung war unser Unternehmungsgeist wie gelähmt. Die erzwungene Untätigkeit machte uns nervös und zappelig, und dennoch waren wir wie in einem Netz der Lethargie befangen. Wahrscheinlich waren das Nachwirkungen des Schocks, den diese jäh über uns hereingebrochene Gewalttat uns versetzt hatte.

Ich schämte mich sehr, als ich die beiden sah – die alte Mrs. Falk und Mrs. Livingstone. Ich stand am Fenster, die Jalousien waren noch heruntergelassen, aber so eingestellt, daß etwas Licht hereinfiel, und durch die staubigen Rippen sah ich eine gebrechliche Mietkutsche die Auffahrt heraufächzen, die vor den Stufen zur Haustür hielt. Da stand sie nun, und eine Weile passierte gar nichts. Sie hätte ebensogut leer sein können. Es ist, als wenn sie gekommen ist, um einen von uns zu holen, dachte ich mit einem kleinen Schauder. Und dann legte sich das seltsame Gefährt auf die Seite wie ein Segelschiff, das mittschiffs von einer Bö erfaßt wird, und ein abgrundtief häßlicher Kopf erschien in der Tür – ein Kopf, den ich kannte.

Dann stieg sie aus, die bösartige alte Hexe, gefolgt von der aufgeregten kleinen Mrs. Livingstone. Ich stöhnte unwillkürlich auf, als ich sah, wie Mrs. Falk, ganz in Schwarz wie eine Krähe, mühsam und sich schwer auf Mrs. Livingstones Schulter stützend, eine Stufe nach der anderen erklomm.

›Was ist denn?‹ fragte Oliver gleichgültig. Lucy trat neben mich ans Fenster. ›Du liebe Güte, was sind denn das für Vogelscheuchen? O Himmel, die eine ist ja Mrs. Livingstone!‹

›Die andere ist Stiefmamas Mutter‹, sagte ich.

Oliver sprang auf. Er war leichenblaß geworden.

›Was hast du denn?‹ fragte ich.

›Ich kann sie nicht sehen. Du mußt sagen, daß ich nicht da bin. Bitte, Blanche . . .‹

›Ja, wie stellst du dir denn das vor?‹ fragte ich, aber da erschien schon Beulah mit Mrs. Livingstones Karte auf einem Tablett.

›Sie wollen zum Herrn, M'm, aber ich habe gesagt, daß er niemanden nicht empfängt.‹

Noch ehe ich Beulah bitten konnte, sie in den Empfangsraum zu führen, erschien ein drohend erhobener Ebenholzstock in der Tür, und eine geborstene, unangenehme Stimme, die ich schon einmal gehört hatte, sagte:

›Nichts da, nichts da. Gehst du nicht zur Kirche, Mädchen? Fürchtest du deinen Schöpfer nicht? Kein Wort habe ich davon gesagt, daß ich den Herrn sehen will. Du solltest ihm ausrichten, daß seine Schwiegermutter hier im Haus ist. Hier im Haus‹, wiederholte sie und stieß mit dem Stock auf den Boden. ›Na, was ist?‹ Sie sah uns nacheinander an. ›Habt ihr nichts zu sagen? Wißt ihr nicht, was sich gehört, wenn eine alte Frau, die gerade ihr einziges Kind verloren hat, ins Zimmer kommt?‹

›Amelia‹, sagte Mrs. Livingstone beschämt.

›Laß mich in Ruhe mit deinem ewigen Amelia, Amelia!‹

›Du kannst gehen, Beulah‹, sagte ich leise und sah Lucy an.

Sie trat vor und rückte einen Sessel zurecht. ›Wollen Sie nicht Platz nehmen?‹ fragte sie liebenswürdig. ›Sie müssen müde sein nach Ihrer Reise.‹

›Was heißt hier Reise? Glaubst wohl, ich bin den ganzen Weg zu Fuß gegangen.‹ Aber sie ließ sich herbei, sich auf den Sessel zu schwingen, von wo sie uns angrinste wie ein ungezogenes Kind.

Ich schwebte in Todesängsten. Jeden Augenblick konnte sie ausplaudern, daß wir uns schon einmal begegnet waren. Aber es schien, als erkannte sie keinen von uns. Vielleicht war sie ganz in ihrer Rolle befangen, vielleicht hatte der Kummer ihr Gedächtnis getrübt.

›Darf ich Ihnen etwas anbieten?‹ fragte ich Mrs. Livingstone nervös. ›Ein Glas Wein vielleicht, eine Tasse Tee?‹

Die Alte stieß gebieterisch mit ihrem Stock auf den Boden. Die Szene hatte nach ihren Vorstellungen abzulaufen: Wir sollten eingeschüchtert werden.

›Wer von euch hat meine Tochter umgebracht?‹ fragte sie.

Die Frage kam so beiläufig, daß die Worte einen trafen wie ein Stück Eis, das einem den Rücken herunterrutscht. Es gab das gleiche, fast ungläubige, deutlich hörbare Luftschnappen.

Das Zimmer begann sich um mich zu drehen. Ich glaubte zu ersticken. Unauffällig suchte ich an den Brokatvorhängen Halt und hörte mich mit hoher, unnatürlicher Stimme fragen: ›Wovon reden Sie eigentlich, Mrs. Falk?‹

Sie kauerte in ihrem Sessel wie eine Kröte. ›Einer von euch ist schuld am Tod meines Kindes, einer von euch hat sie dazu getrieben. Ich kenne meine Tochter, um nichts und wieder nichts hätte sie sich nicht umgebracht. Sie hatte Mut. Aber einer von euch hat sie fertiggemacht, einer hat sie so weit gebracht, daß das Leben für sie nicht mehr lebenswert war. Sie vielleicht?‹ Sie glitzerte Oliver an, als habe sie ihn noch nie gesehen.

Oliver begann zu stottern und sah aus wie ein Schuljunge, der vom Lehrer bei einem Streich ertappt worden ist.

Mrs. Falk gab Lucy einen Klaps mit ihrem Stock. ›Sag ihm, er soll den Mund halten. Los, wird's bald?‹

›Bitte nicht, Amelia‹, flehte Mrs. Livingstone. ›Du erschreckst ja die Kleine.‹

›Du hältst den Mund, Fanny, das ist meine Sache. Komm her, meine Schöne.‹ Sie zog Lucy zu sich heran. ›Du hast doch keine Angst vor mir?‹ Sie strich über das lange helle Haar; es gab ein scharrendes Geräusch, als ihre rauhe Hand über die glänzenden Strähnen fuhr.

›Nein, Mrs. Falk‹, sagte Lucy und hielt geduldig still.

›Ganz hübsch, das Haar, paßt zu dem nichtssagenden Puppengesicht‹, urteilte sie, eine Locke ans Licht haltend. ›Aber habt ihr euch das Haar von meiner Sophia mal richtig angesehen?‹ Ihre Stimme war zu einem heiseren Flüstern herabgesunken. ›Wie Bernstein war es, roter Bernstein, stimmt's, Oliver? Wie es leuchtete auf der hellen Haut, nicht wahr, Oliver? Mr. Sheridan, der wird sein Leben lang an dieses Haar denken, selbst wenn du's vergessen hast, du Treuloser. Es war wie ein Magnet, dieses Haar. Wie Bernstein, der Seidenpapier anzieht.‹ Sie lachte leise. ›Stimmt's, Oliver? Sie wußte, was sie daran hatte. Ich seh sie noch vor mir, sie war jünger, als du jetzt bist‹, sagte sie und packte Lucys Handgelenk. ›Ich seh sie, wie sie ihr Haar in der Sonne ausschüttelt, mit einem vielsagenden Blick über die Schulter, und dann zappelte schon wieder einer in ihrem Netz. Sie war ein frecher Fratz. Immer schon. Und sie hat schnell gelernt, praktisch mit der Muttermilch hat sie's eingesogen. Verschenkt wird nichts, hab ich ihr gesagt. Was du denkst, was du fühlst, das behalte für dich. Vertrau niemandem, nicht mal deiner alten Mutter. Sei stolz, hab ich zu ihr gesagt. Sei hart. Laß sie zahlen für das, was sie haben wollen. Je höher der Preis, desto höher der Wert. Die meisten Leute denken, daß es umgekehrt ist, daß es der Wert ist, der den Preis bestimmt, aber das ist falsch. *Ich* hab ihr das beigebracht, *ich* hab sie gelehrt, ihre Macht zu nützen. *Ich* hab ihr beigebracht, sich vom Leben zu holen, was ihr zusteht. Du hast nicht viel Zeit, hab ich zu ihr gesagt, trödele nicht herum, Kind, Chancen hast du nur, solange du jung und hübsch bist und den Männern den Kopf verdrehen kannst. Wenn du erst alt und häßlich bist wie deine Mutter, ist es aus, merk dir das. Ja, von mir hat sie gelernt, wie das Leben ist, ich hab ihr beigebracht, das Beste daraus zu machen. Und immer noch ein bißchen Spaß dabei herauszuschlagen, stimmt's, Oliver? Sie konnte zufrieden sein, meine Sophia.‹

›Hat sie sich deshalb das Leben genommen?‹ unterbrach ich sie. Mir war ganz übel von diesem halbirren Monolog der Niedertracht.

Ihr Kopf schien sich zwischen die Schultern zurückzuziehen, die Federn auf dem gräßlichen Hut zitterten. Aber dann wandte sie mir ihr braunes Greisinnengesicht zu und schob das kantige Kinn vor.

›Das Leben genommen? Was wissen Sie denn davon, Miss? Waren Sie dabei? Haben Sie ihr wieder nachspioniert wie . . .‹

›Oliver‹, sagte ich laut und deutlich. ›Bitte hole Papa.‹

›Du rührst dich nicht vom Fleck, Oliver‹, konterte sie mit einem bösen breitlippigen Lächeln. ›Kann sein, daß du noch was Interessantes zu hören kriegst.‹

›Was wollen Sie hier, Mrs. Falk?‹ fragte ich kalt. ›Ich glaube nicht, daß Sie gekommen sind, weil Sie um Ihre Tochter trauern, sondern weil Sie Ärger machen wollen.‹

Sie saß jetzt auf der äußersten Sesselkante wie eine zornige Zwergin. Ihre Augen blitzten mit ihren schmutzigen Schmuckstücken an ihrem Busen und den Ringen an ihren Fingern um die Wette. Ihr Kopf zitterte vor Erregung, und die Federn an ihrem Hut nickten. Sie streckte den faltigen Hals vor.

›Ich will Rache für meine Tochter‹, erklärte sie heiser. Schaum stand vor ihrem Krötenmund.

Seltsamerweise lachte niemand über diese groteske Bemerkung. Wir fanden sie einfach nicht zum Lachen. Die Erklärung war erschrekkend eindrucksvoll. Wir nahmen ihr ab, daß es ihr Ernst damit war. Selbst Oliver, ich sah es ihm an.

›Rache hilft ihrer Tochter nichts, Mrs. Falk‹, sagte ich mühsam.

Sie drehte langsam ihren Kopf in meine Richtung. Ihre Augen waren verschleiert. Sie wirkte uralt, nicht alt wie ein Mensch, sondern alt wie ein Stein, ein Ding ohne Herz, ohne Gefühl, das Hitze und Regen und Schnee gleichermaßen unbewegt erträgt.

›Meine Tochter ist tot‹, sagte sie dumpf. ›Sie hat jetzt ihre Ruhe vor euch. Ich bin es, die Rache verlangt. Ich will was haben, wofür ich leben kann.‹

›Sei doch still, Amelia‹, jammerte Mrs. Livingstone. ›Hab doch wenigstens ein bißchen Achtung vor diesen guten Leuten in ihrem Kummer. So solltest du nicht mit ihnen sprechen, meine Liebe.‹

›Dann bring mich weg, Fanny. Ich bin müde‹, sagte sie seufzend. ›Ich komme ein andermal wieder.‹

Sie kletterte von ihrem Stuhl herunter und stakste, auf ihren Stock gestützt, aus dem Zimmer, ohne uns noch einen Blick zu schenken. Gebeugt, abschreckend und auf seltsame Weise mitleiderregend zugleich, quälte sie sich die Stufen hinunter.«

9 Rendezvous

Die Nachmittagssonne drückte ihr rotes Licht gegen das Gitterwerk. Die Hitze war fast unerträglich geworden. Mr. Jones staunte, daß die alte Dame in dieser Glut so unermüdlich weitererzählen konnte. Sie saß gelassen da wie Buddha auf der Lotosblüte, die Knie ein wenig gespreizt, die Hände auf den Schenkeln; ein ferner, träumerischer Ausdruck lag auf dem kühn geschnittenen, breiten Gesicht. Vielleicht war sie so in der Vergangenheit versunken, daß sie die kühle Salzluft von Essex zu spüren meinte? Er selbst welkte zusehends dahin, es kam ihm vor, als schmelze ihm das Mark in den Knochen. Er versuchte, sich wenigstens geistig etwas zu erquicken, indem er an klare Gebirgsbäche dachte und an Wasserfälle, in deren Gischt Regenbogen aufleuchteten.

Doch Miss Hine hatte über dem Grübeln ihre Gastgeberpflichten nicht vergessen.

»Mein armer Freund, Sie sehen aus wie ein Fisch auf dem Trockenen«, sagte sie und lächelte mitfühlend. »Ist Ihnen heiß?«

»Ein bißchen warm«, gab er zu.

Sie klingelte. Sogleich kam ein Diener mit einem kühlen Limonensorbet, einer herrlichen, herb-prickelnden Erfrischung. Er hätte sich das Getränk am liebsten über den heißen Kopf gegossen, aber da erschien schon ein zweiter Diener mit einer Messingschale voll dampfender Handtücher, die er niederkniend auswrang und brühheiß Mr. Jones auf die Stirn legte. Noch ehe er aufschreien konnte, merkte er, daß es ein sehr angenehmes Gefühl war.

Wenn ich wieder zu Hause bin, dachte er und schloß genießerisch die Augen, muß ich wirklich mal in ein türkisches Bad gehen.

Als er sich erfrischt hatte, fuhr sie fort, als habe es keine Unterbrechung gegeben.

»Wenige Tage nach Mrs. Falks Besuch mußte ich nach London. Zum Zahnarzt. Harry begleitete mich. In Liverpool Street Station hatten wir noch fast zwanzig Minuten Zeit. Wir saßen im Warteraum und sprachen kaum miteinander. Einmal nahm Harry meine bloße Hand in die seine. ›Du bist ja ganz erfroren‹, sagte er. Ich lächelte schwach. ›Lampenfieber‹, sagte ich halblaut.

›Laß mich hierbleiben, Blanche.‹

Ich schüttelte den Kopf. ›Das ist meine Sache, Harry. Es wird schon alles gutgehen. In einer Stunde kannst du mich wieder abholen. Sei lieb und tu, was ich dir sage.‹

›Papa wäre es nicht recht‹, sagte er eigensinnig.

›Papa? Wenn er wüßte . . .‹ Ich lachte ein wenig, aber meine Stimme schwankte.

Dann ließ Harry mich allein. Ich ging langsam zu der großen Bahnhofsuhr und steckte im Gehen, die weiße Rose, die ich am Mantel trug, fester.

Er wartete schon.

Ich erkannte ihn sofort – trotz aller gegenteiligen Befürchtungen. Ich sprach ihn nicht gleich an. Noch eine Minute konnte ich ihn unbemerkt beobachten, mir eine Meinung über ihn bilden.

Dann sah er mich. Ein überraschtes Lächeln ging über sein Gesicht, und er streckte erfreut die Hände aus.

›Blanche Rose!‹

›Robert!‹

›Ich kann es nicht glauben. Meine kleine Schwester ist ganz und gar erwachsen geworden.‹

›Hast du geglaubt, du würdest ein kleines Mädchen treffen?‹ Ich lachte.

›Ich weiß nicht, was ich geglaubt habe.‹ Er lachte ebenfalls. ›Du, ich freue mich.‹ Er drückte meinen Arm. ›Wir haben viel zu bereden. Wohin sollen wir gehen?‹

›In den Erfrischungsraum vielleicht? Wir könnten eine Tasse Tee zusammen trinken.‹

›Tee?‹ Er lachte wieder. ›Ihr macht mich ganz närrisch mit eurem ewigen Tee. Aber meinetwegen, Schwesterlein, aus alter Anhänglichkeit kriege ich schon noch eine Tasse herunter.‹

Er gab die Bestellung auf. ›So, und jetzt will ich alles wissen.‹

›Was willst du wissen?‹

›Zunächst einmal, wie du daraufgekommen bist, daß ich es war.‹ Seine Augen waren wachsam und lächelten nicht mehr.

›Ich habe es erraten.‹

Er sah, wie ich an meinen zusammengeknüllten Handschuhen herumspielte und sagte überrascht: ›Du bist verheiratet, Schwesterlein?‹

›Allerdings, Robert. Und ich erwarte ein Kind.‹

›Das darf ja nicht wahr sein. Du, das ist ja wunderbar.‹ Er sah mich an. ›Glücklich, Kleines?‹

›Was für eine seltsame Frage, Bob. Warum sollte ich nicht glücklich sein?‹

Die Kellnerin brachte den Tee, und ich beeilte mich, ihm einzuschenken.

›Erzähl von dir, Robert‹, bat ich.

›Von mir? Da gibt's nicht viel zu erzählen, Ich habe mich hauptsächlich in Kanada aufgehalten.‹

›Ja, das hörte ich bereits. Du bist noch nicht verheiratet?‹

Er grinste spitzbübisch. ›Du weißt doch – ein rollender Stein setzt kein Moos an. Die ewig Wandernden geben keine guten Ehemänner ab.‹

›Hast du Erfolg gehabt? Bist du glücklich?‹

›Man lebt, Schwesterlein. Aber jetzt mal ernsthaft: Der alte Herr hat mir noch nicht verziehen?‹

›Nein‹, sagte ich bedrückt.

›Wirst du ihm erzählen, daß du mit mir gesprochen hast?‹

›Um Himmels willen, nein.‹

›Er hat euch verboten, bei ihm zu Hause meinen Namen zu nennen, was?‹

Ich senkte den Kopf und zerkrümelte mein Kuchenstück auf dem Teller. ›Robert, weshalb bist du zurückgekommen?‹ fragte ich nervös.

Er lachte bitter. ›Ich wollte versuchen, dem alten Herrn ein bißchen Bares aus der Nase zu ziehen.‹

›Brauchst du Geld?‹

Er sah mich nachdenklich an, mit Lucys hellblauen Augen, die aber, wie ich jetzt bemerkte, kälter und weniger treuherzig als die ihren waren.

›Darüber können wir später noch reden. Du hast mir noch kein Wort von Mama erzählt. Wie geht es ihr? Weiß sie, daß du hier bist?‹

Ich sah ihn einen Augenblick erstaunt an. ›Ja, weißt du das denn nicht? Sie ist tot. Schon seit fast sechs Jahren.‹ Er wurde blaß, und ich zögerte. Dann setzte ich flüsternd hinzu: ›Papa hat noch einmal geheiratet.‹ Aber als ich wieder aufsah, merkte ich, daß er gar nicht hinhörte.

›Dreh dich nicht um, Blanche‹, sagte er scheinbar beiläufig. ›Wir werden beobachtet. Ein älterer Mann an einem Tisch vier Reihen hinter uns.‹

Ich nahm einen kleinen Taschenspiegel aus der Handtasche, tat, als ordnete ich mein Haar unter der Hutkrempe und versuchte indessen, den Mann zu finden, von dem Robert gesprochen hatte. Als ich ihn sah, entfuhr mir ein erstickter Schrei, und ich machte Anstalten aufzustehen.

›Beweg dich nicht‹, zischte Robert. ›Wer ist das?‹

Ich sah ihn voller Angst an. Aber noch ehe ich ihn hatte warnen können, stand Mr. Pierce an unserem Tisch und legte Robert eine Hand auf den Arm.

›Mr. Sheridan alias Dunstable. Ich verhafte Sie im Zusammenhang mit dem Tod von Mrs. Sheridan und muß Sie darauf aufmerksam machen, daß alles, was Sie sagen, als Beweismittel gegen Sie verwendet werden kann.‹

Einen Augenblick weiteten sich Roberts Augen, als sei er drauf und dran, gewalttätig zu werden, dann sah er mich mit einem unbeschreiblichen Blick an. Sein Lächeln werde ich nie vergessen.

›Das hast du mir eingebrockt‹, sagte er. ›Und ich bin brav in die Falle getappt. Ich war dumm genug zu glauben, daß man zumindest der eigenen Schwester trauen könnte.‹

›Ich war es nicht, Robert‹, sagte ich leise. ›Ich schwöre dir, daß ich nichts davon wußte.‹

›Bitte folgen Sie mir unauffällig, Sir‹, sagte Mr. Pierce, ›Ich denke doch, daß Sie der Dame die Peinlichkeit einer Szene ersparen wollen.‹

Schon sah man neugierig zu unserem Tisch herüber. Ich schlug die Hände vor das brennende Gesicht.

›Woher wußten Sie es, Mr. Pierce?‹ fragte ich mit schwankender Stimme. ›Selbst wenn Sie nur mir gefolgt sind – woher wußten Sie, wer der Mann war, mit dem ich mich traf?‹

›Ich habe das hier gelesen.‹ Der Polizeibeamte legte ein Zeitungsblatt vor mich auf den Tisch und deutete auf eine Kleinanzeige. Ich brauchte sie nicht zu lesen, ich wußte, was darin stand.

Robert, erwarte mich Liverpool St. Station, Donnerstag,
11.30 Uhr, unter der Uhr. Trage weiße Rose. Blanche.

Also war es doch meine Schuld gewesen. Nun hatte ich Robert ganz und gar verloren. Ich wußte nicht, wohin sie ihn bringen würden. Aber ich wußte, daß er mir nie wieder eine Bitte erfüllen würde. Die Tränen rannen mir noch durch die Finger, als Harry zurückkam, um mich heimzubringen.

Ich sah Robert dann noch einmal wieder, und zwar bei der Fortsetzung der Leichenschau. Das Herz blieb mir fast stehen, als ich hörte: ›Zeuge Robert Sheridan.‹ Er erschien mit mürrischem Gesicht, einen bitteren Zug um den Mund, und wurde vereidigt. Der Coroner wollte zunächst wissen, ob er Edward Sheridans Sohn sei.

›Ja.‹

›Sie wohnen seit einigen Jahren nicht mehr zu Hause.‹

›Stimmt.‹

›Wie lange sind Sie schon fort?‹

›Acht Jahre.‹

›Weshalb haben Sie Ihr Elternhaus verlassen?‹

›Ich hatte mich mit meinem Vater gestritten.‹

›Hat er Sie aus dem Haus gewiesen?‹

›Nein, ich bin weggelaufen.‹

›Hatten Sie in der Zwischenzeit mit Ihrer Familie Verbindung?‹

›Nein.‹

›Hätten sich Ihre Angehörigen, falls sie es gewünscht hätten, mit Ihnen in Verbindung setzen können?‹

›Nein. Sie wußten nicht, wo ich war.‹

›Sie konnten also nicht wissen, daß Ihre Mutter tot war und Ihr Vater zum zweiten Mal geheiratet hatte.‹

›Stimmt.‹

›Wenden wir uns den jüngsten Ereignissen zu. Sie beschlossen, nach England zurückzukehren. Kurz nach Ihrer Ankunft fuhren Sie nach Essex, um Ihr Elternhaus zu besuchen. Würden Sie bitte der Jury mit Ihren eigenen Worten schildern, was dann geschah?‹

›Ich wollte mit meinem Vater sprechen‹, sagte Robert müde. Man hörte ihm an, daß er die Geschichte bis zum Überdruß immer wieder erzählt hatte. ›Aber als er erfuhr, wer ihn sprechen wollte, weigerte er sich, mich zu empfangen. Dann fragte ich nach Mrs. Sheridan – womit ich natürlich meine Mutter meinte. Sie sei im Garten, sagte das Mädchen, und ich machte mich auf die Suche nach ihr. Ich wollte sie überraschen. Statt dessen lag da eine wildfremde Frau auf der Bank, und man brauchte kein Arzt zu sein, um zu erkennen, daß sie tot war.‹

›Könnten Sie das zeitlich näher bestimmen?‹

›Als ich an der Haustür klingelte, war es Viertel nach vier, als ich im Garten stand, kann es also höchstens halb fünf gewesen sein.‹

›Bitte fahren Sie fort. Was geschah dann?‹

›Ich habe die Platte geputzt.‹

›Wie bitte?‹ fragte der Coroner.

›Ich bin abgehauen.‹

›Warum haben Sie nicht Hilfe geholt oder wenigstens im Haus Bescheid gesagt?‹

›Ich hatte Angst.‹

›Und deshalb liefen Sie weg.‹

›Ja.‹

›Haben Sie die Frau berührt?‹

›Nein, wozu? Sie war tot, daran war nicht zu tippen.‹

›Stimmt es, daß Sie in Kanada polizeilich gesucht werden?‹

›Ja.‹

›Und Sie haben nicht deshalb die Flucht ergriffen, weil Sie Angst hatten, auf irgendeine Weise mit Mrs. Sheridans Tod in Verbindung gebracht zu werden, sondern weil Sie fürchteten, die englische Polizei könne Sie festhalten. Ist das richtig?‹

›Ja‹, antwortete Robert. Und erst als er sich zum Gehen wandte, begriff ich, warum er die ganze Zeit die Hände hinter dem Rücken gehalten hatte. Er trug Handschellen. Mein Herz war schwer vor Scham und Leid. Würden diese demütigenden Enthüllungen nie enden? Ich war froh, daß Papa das nicht hatte erleben müssen. Er war durch ein ärztliches Attest von der Teilnahme an der Verhandlung befreit.

Der Coroner hatte festgestellt, daß Sophia um halb fünf bereits tot gewesen war. Das Zyankali aus Harrys Giftschrank in der Dunkelkammer lag der Jury vor. Es folgten ermüdende Diskussionen über Mengen, in Gran gemessen, denen ich nicht folgen konnte. Dann wurden mehrere Apotheker in den Zeugenstand gerufen und sagten aus, daß keines der Mittel, die Sophia bei ihnen gekauft hatte, Zyankali enthalten hatte.

Der Coroner zeigte einem der Zeugen eine Schachtel mit einem Magenpulver, und er gab zu, daß er das Mittel zusammengestellt hatte. Die Hauptbestandteile, sagte er aus, seien Magnesium und kohlensaures Natron. Es sei völlig harmlos. Gewöhnlich nähmen die Patienten ein Briefchen nach den Mahlzeiten, wobei das Pulver langsam im Mund zergehen müsse. Die Dosis könne wiederholt werden, wenn keine Erleichterung eingetreten sei. Mr. Pierce zeigte dem Apotheker das weiße Blatt, das aus Sophias Rock geflattert war, und der Apotheker erkannte das Papier, das er für seine Briefchen zu verwenden pflegte.

Da die Verstorbene nach Feststellung des Arztes das Pulver nicht nach dem Zyankali genommen hatte, meinte der Coroner, müsse sie es vorher geschluckt haben. An der Jury sei es nun zu entscheiden, wie – das heißt, in was für einem Gefäß oder Behältnis – das Cyanid verabreicht worden war und ob die Tote es vielleicht selbst genommen haben könnte. Die Mitglieder der Jury, fuhr er fort, müßten sich dabei die Stimmung der Toten zur fraglichen Zeit vor Augen halten und müßten auch daran denken, daß zwar die Polizei die Umgebung sorgfältig abgesucht hatte, daß aber dennoch die Möglichkeit bestand, daß die Kapsel oder irgendein anderes Behältnis, das Zyankali enthalten haben könnte, heruntergefallen und in irgendeiner Ritze verschwunden war. Könne man es unter diesen Umständen verantworten, auf Selbstmord zu befinden? Und so weiter und so fort.

Der Sprecher der Jury erhob sich. ›Nach Prüfung des vorliegenden Beweismaterials stellen wir fest, daß die Verstorbene durch eine Cyanidvergiftung den Tod gefunden hat. Die Beweise reichen nicht aus, um zweifelsfrei zu klären, wie das Zyankali verabreicht worden ist, wir glauben aber, daß es der Verstorbenen vorsätzlich von einer bisher noch unbekannten Person oder unbekannten Personen beigebracht worden sein muß.‹

Vorsätzlicher Mord also. Das hatte ich nicht erwartet. Ich wußte kaum, wie ich an Olivers Arm aus dem Gerichtssaal kam. Ich hatte das bestimmte Gefühl, daß uns die alte Falk nun nicht mehr in Ruhe lassen würde.

Am liebsten hätte ich mich in ein Mauseloch verkrochen. Was sollte jetzt aus uns werden? Ein Mord in der Familie . . . Die tückische Tote würde uns für den Rest unseres Lebens verfolgen.

Durch den Schock rückte die Familie enger zusammen, die tiefe, unaussprechliche Angst einte uns, ließ einen auf den anderen Rücksicht nehmen in dem Gefühl, daß geteiltes Leid halbes Leid ist – so wie es im Kriege häufig der Fall war. Ob man sich schlafen legte, ob man am nächsten Morgen aufwachte – stets glaubte man vorwurfsvolle Blicke zu spüren. Man fragte sich, wie lange dieses Vakuum des Wartens dauern würde, wie lange man das noch würde ertragen können. Und dennoch fürchtete man ständig, es könne eines Tages ein Ende haben. Ein Ende mit Schrecken. Nur das nicht, dachten wir, dann war es schon besser, den Rest unseres Lebens in qualvoller Ungewißheit zu verbringen. Der Schrecken der Zukunft hing über der Gegenwart und machte sie unerträglich, während die noch verborgene Wahrheit unerbittlich, Minute für Minute, näherrückte, wie ein Ungeheuer in einem Alptraum.«

10 Ein Nelkenkranz

»Am schrecklichsten war mir«, fuhr Miss Hine nach einer kleinen Pause fort, »daß ich allen Kontakt zu Vater verloren hatte. Er mied die neue Geborgenheit des Familienzusammenhalts. Er war hin und her gerissen zwischen dem Wunsch zu erfahren, wer ihr Liebhaber gewesen war, und der Angst vor der Wahrheit. Es lag nahe, daß es eins der beiden männlichen Wesen gewesen sein mußte, mit dem sie während seiner Abwesenheit am meisten zusammengewesen war, also Harry oder Oliver.

Man kann sich vorstellen, wie schmerzlich diese Situation für ihn war. Von seinem eigenen Sohn betrogen zu werden, hatte einen bedrohlichen alttestamentarischen Beigeschmack. Es war eine Katastrophe ohne Ausweg. Aber wäre es besser, wenn sich herausstellte, daß der Ehebrecher der eigene Schwiegersohn war, der Ehemann der Lieblingstochter? Papa hatte wohl Angst, ich könnte diese Furcht in seinen Augen lesen. Deshalb ging er uns aus dem Weg. Allen – bis auf Lucy. Die kleine, blonde, liebreizende Lucy war harmlos. Sie war noch ein Kind, vertrauensvoll, natürlich, unschuldig und von der zerstörerischen Leidenschaft noch nicht berührt. Ihr anspruchsloses Geplauder beruhigte ihn und lenkte ihn ab.

Außer ihr und Edgar nahmen wir alle an der Beerdigung teil, die nach unserem Wunsch so unauffällig und so rasch wie möglich über die Bühne gehen sollte. Es wäre eine Farce gewesen, unsere Trauer zu einem Schauspiel für die Öffentlichkeit zu machen. Beenden wir die ganze Geschichte und lassen wir Gras darüber wachsen – so dachten wir wohl alle. Auf Trauergäste und Blumen hatten wir verzichtet. Mit dem Pfarrer hatten wir als Zeitpunkt sieben Uhr früh vereinbart, noch vor dem Morgengottesdienst, damit wir vor Zuschauern sicher waren.

Schon normalerweise sind Beerdigungen alles andere als erfreulich. Aber zu dieser Stunde, unter diesen Umständen, an einem frostigen Septembermorgen, mit Rauhreif in den zwischen dem Efeu des Friedhofstors hängenden Spinnennetzen, erinnerte das Bild an einen primitiven Holzschnitt oder Courbets schmerzliches *Begräbnis von Ornans*. Von See her wehten Nebelschwaden heran, und wir standen blaß und fröstelnd in unseren schwarzen Sachen zwischen den schweren gelben Erdschollen.

Wie jämmerlich karg und neu der sandfarbene Sarg aussah, der auf den Schultern der Leichenträger auf uns zuschwankte. Wir hatten, wie gesagt, keine Blumen vorgesehen, aber als sie den Sarg absetzten, rutschte ein großer Kranz roter Nelken herunter. Ich warf Oliver einen erschrockenen Blick zu. Wer sonst hätte es gewagt, sich Papas ausdrücklichem Wunsch zu widersetzen? Durch diese Geste hatte er zugegeben, daß ihm die Tote mehr bedeutet hatte als eine angebliche Cousine. Ich traute mich nicht, Papa anzusehen. Aber als Oliver mir endlich das Gesicht zuwandte, sah ich, daß er zumindest ebenso ratlos war wie ich.

Der Pfarrer schneuzte sich, rückte seinen Kneifer zurecht und begann eilig mit der Liturgie. Er hätte ebensogut seine Wäscheliste laut vorlesen können. Vielleicht hatte er nur Angst vor einer Erkältung, aber die Szene wurde dadurch noch um einiges würdeloser.

Als der Sarg in die Grube gesenkt wurde, hörte ich ein leichtes Geräusch hinter mir und drehte mich um. Sie standen ein wenig abseits, als wollten sie uns den Vortritt lassen: Mrs. Livingstone und Mrs. Falk.

Mrs. Livingstone hielt sich ein Taschentuch vors Gesicht, aber Mrs. Falk sah uns unerschrocken, mit spöttisch verzogenem Mund an. Natürlich war der Kranz von ihr. Sie konnte nicht wissen – und es wäre ihr auch gleichgültig gewesen –, daß uns eine Blumengabe wie Heuchelei vorgekommen wäre.

Ja, nun führte kein Weg an ihr vorbei.

›Ein Jammer, daß unsere erste Begegnung einen so traurigen Anlaß hat, Mr. Sheridan.‹ Mrs. Falks Stimme zerriß schrill und mißtönend die Stille.

Zerstreut lüpfte Papa den Zylinder, den er gerade erst wieder aufgesetzt hatte. Offenbar hatte er keine Ahnung, wer sie war. Er wäre an ihr vorbeigegangen, wenn sie ihm nicht eine Hand auf den Arm gelegt und ihn aufgehalten hätte.

›Sie wissen nicht, wer ich bin‹, stellte sie mit einem seltsamen Triumph in der Stimme fest.

›Sie stören eine trauernde Familie, Madam.‹

Ich schaltete mich ein. ›Das ist Mrs. Falk, Papa. Sophias Mutter.

›Deine Schwiegermama, mein lieber, lieber Junge‹, sagte sie und zerquetschte ein paar Krokodilstränen.

Ein Ausdruck des Widerwillens ging durch Papas strenge, teilnahmslose Züge, was ihren scharfen alten Augen nicht entging.

›*Ich* habe Sophia gelehrt, sich meiner zu schämen‹, sagte sie mit kämpferisch vorgeschobenem Kinn. ›Deshalb kennen wir uns auch nicht, es hätte dich ja abschrecken können. Aber jetzt, mein lieber Junge, hat das Schicksal uns zusammengeführt. Du bist alles, was ich noch habe.‹

›Was wollen Sie von mir, Madam?‹

›Sophia zuliebe . . .‹, brabbelte sie. ›Sie hätte gewollt, daß . . .‹

Papa sah sie haßerfüllt an. ›Ich gedenke, Sophia nichts mehr zuliebe zu tun‹, sagte er kalt. ›Meine Schuld ist bezahlt. Endgültig. Bitte lassen Sie mich vorbei, Madam.‹

›Eine alte Frau . . .‹, wimmerte sie hinter ihm her.

Wir folgten ihm rasch, froh darüber, die Szene hinter uns zu haben. Am Friedhofstor sah ich noch einmal zurück. Sie hatte sich wieder auf Mrs. Livingstones Arm gestützt und blickte uns mit einem so bösartigen Ausdruck nach, daß es mir kalt über den Rücken lief.«

»Was wollte sie denn?« fragte Mr. Jones verständnislos.

»Geld natürlich. Sophia hatte sie die ganze Zeit hindurch von Papas

Geld unterstützt, jetzt wußte sie nicht, wie es weitergehen sollte. Das Geld war Papa unter diesem oder jenen Vorwand aus der Tasche gelockt worden. Einer hübschen jungen Frau fällt es nicht schwer, ihrem Mann Geld für schöne Kleider abzuschmeicheln. Kaum ein Ehemann dagegen trennt sich leichten Herzens von seiner Barschaft, wenn es darum geht, seine Schwiegermutter zu unterstützen. Sophia stellte es so schlau an, daß sie sowohl das eine als auch das andere erreichte.«

»Aber wäre nicht Mr. Bridgewater eine viel leichtere Beute für die Alte gewesen?«

»Oliver? Natürlich. Aber Oliver hatte kein Geld. Es wäre sinnlos gewesen, ihn zu erpressen. Das hat sie erst später versucht«, erklärte Miss Hine trocken.

»Es war aber doch ziemlich primitiv von ihr, Ihren Vater noch auf dem Friedhof zu überfallen, ehe sie ihm richtig vorgestellt worden war«, wandte Lancelot Jones ein.

»Sie war nicht klug, nur bauernschlau. Es war genaugenommen schon der zweite Versuch, an ihn heranzukommen, und sie wurde wohl langsam ein bißchen nervös. Sie hatte es riskiert und war gescheitert.« Die alte Dame schob sich ein gestreiftes Kissen unter den Kopf und schloß die Augen.

Mr. Jones wartete höflich. »Hoffentlich habe ich Sie nicht ermüdet«, sagte er nach einer Weile.

»Durchaus nicht«, antwortete sie, ohne die Augen zu öffnen. »Ich denke nach.«

»Worüber?«

»Wie es weiterging.«

Die Grille in dem kleinen Käfig fing wieder an zu zirpen, als ob sie die Stille überbrücken wollte.

Dann schlug Miss Hine die klaren blauen Augen wieder auf.

»Harry fuhr an diesem Tag nach dem Frühstück wie üblich ins Geschäft. Für Papa gehörte sich das wohl nicht. Statt dessen machte er mit Lucy eine lange Wattwanderung. Als sie zurückkamen, sah ich ihrem schuldbewußten Lächeln und ihren blitzenden Augen an, daß sie irgendein Unheil angerichtet hatte. Sie lief ins Kinderzimmer hinauf. Papa folgte langsamer. Als ich später ebenfalls hinaufging, war Lucy allein. Sie hatte sich in dem großen Korbsessel vor dem Feuer zusammengerollt und hielt Stricklands *Queen Elizabeth* in der Hand. Sobald sie mich sah, vertiefte sie sich in das Buch und tat, als hörte sie nicht, daß ich sie ansprach. Ich legte ihr die Hand auf die Schulter.

›Lucy, was treibst du?‹ fragte ich.

Sie zuckte ungeduldig die Schultern. ›Das siehst du doch. Ich lese.‹

›Du weißt genau, was ich meine, Lucy. Du hast Papa irgend etwas erzählt.‹

Sie biß sich auf die Lippen und raschelte ungeduldig mit den Buchseiten. ›Laß mich in Ruhe, Blanche, ich muß bis morgen früh für Miss Hughes drei Kapitel vorbereiten.‹

›Worüber hat Papa mit dir gesprochen?‹ wollte ich wissen.

›Frag ihn doch selber‹, antwortete sie keck.

Sobald Harry aus der Stadt zurückkam, rief Papa ihn zu sich. Unruhig wartete ich auf ihn. Es war lange her, seit Papa mit einem von uns – außer mit Lucy – hatte sprechen wollen. Nach einer Weile ging ich hinaus in den Garten. Als ich gedankenverloren auf und ab schritt, hörte ich plötzlich vom Haus her einen wilden Aufschrei. Ich schaute hoch, sah, wie Harry mit wutverzerrtem Gesicht Lucys Schultern packte und sie schüttelte, bis ihr Kopf hilflos hin und her pendelte. Sie stand am offenen Fenster und hatte mir den Rücken zugekehrt, und es war ihr Aufschrei, den ich gehört hatte.

›Laß mich los‹, kreischte sie. ›Laß mich los.‹

Aber Harry brüllte: ›Du Biest, du gemeines kleines Biest . . .‹

›Harry, nicht!‹ wollte ich rufen – aber da war es schon zu spät. Was genau geschehen war, weiß ich nicht, ich konnte es nicht erkennen. Ich sah nur plötzlich Lucys langes Haar im Wind wehen, sah, wie ihr Körper sich langsam drehte, zuerst wie ein großer dressierter Vogel, dann spreizten sich ihre Arme und Beine im blassen Abendlicht wie die Glieder eines tastenden prähistorischen Insekts. Noch ein dünner, erstickter Schrei, dann schlug sie unten auf und blieb regungslos auf dem Gartenweg liegen.

›Lucy!‹ Ich kniete, halb blind vor Tränen, neben ihr nieder. Erst dachte ich, sie sei tot, aber dann begann sie zu stöhnen. Ich wagte es nicht, sie anzufassen. Oben am Fenster stand Harry wie versteinert.

›Harry‹ rief ich leise. ›Lauf schnell . . .‹

›Habe ich sie umgebracht?‹ fragte er mit ausdrucksloser Stimme.

›Sie lebt noch, aber sie ist bewußtlos. Du muß sofort Hilfe holen.‹

Und nun waren wir wieder in dem Alptraum befangen, der uns vor ein paar Wochen Dr. Scott und die Polizei beschert hatte. Es war ein kleines Wunder, daß sich Lucy außer dem Schlüsselbein nichts gebrochen hatte, sie hatte nur eine schwere Gehirnerschütterung. Man brachte sie zu Bett und besorgte eine Pflegerin. Papa saß, grau im Gesicht, an ihrer Seite. Ich hätte ihn gern getröstet, wußte aber nicht, was ich sagen sollte. Etwas war unwiderruflich zwischen uns zerbrochen. Ich konnte nicht mehr ungezwungen mit ihm reden, ich hatte Angst vor ihm.

Zunächst sprach Papa lange hinter verschlossenen Türen mit der Polizei, dann schickten sie nach Harry. Als er herauskam, war er blaß bis an die Lippen. ›Sie haben meine Gedichte‹, konnte er mir nur rasch zuflüstern, während er an mir vorbeiging. ›Sie glauben, ich hätte sie umgebracht.‹

Als ich den Empfangsraum betrat, in dem die Polizei wartete, rasten meine Gedanken. Ich wußte ja, daß er Gedichte auf Sophia gemacht hatte, aber was darin stand oder wie weit er sich damit kompromittiert hatte, das ahnte ich nicht. Und was hatte dieser zweite Satz zu bedeuten? *Sie glauben, ich hätte sie umgebracht.* Wer war *sie*? Sophia oder Lucy? Die Frage war wichtig, denn Sophia war tot, und das bedeutete Mord. Bei Lucy war es wohl nur ein Mordversuch. Ein Jammer, daß wir nicht länger miteinander hatten sprechen können.

Mr. Pierce rückte mir fast jovial, als seien wir alte Freunde, den Sessel zurecht.

›Wie ich höre‹, begann er, ›waren Sie Augenzeugin des Geschehens. Wir möchten gern hören, wie Sie es gesehen haben. Es muß ein sehr unerfreulicher Schock für Sie gewesen sein, Mrs. Bridgewater. Lassen Sie sich nur Zeit.‹

›Danke, aber es geht schon wieder. Leider kann ich Ihnen gar nicht sagen, was wirklich passiert ist. Ich machte einen kleinen Verdauungsspaziergang, wie immer um diese Zeit bei schönem Wetter. Und dann hörte ich einen Schrei. Ich sah auf und sah meine Schwester am Fenster. Es sah aus, als ob sie vor meinem Bruder zurückwich, wie im Spiel. Sie hat wohl nicht gemerkt, wie nah sie dem offenen Fenster war. Ich wollte sie noch warnen, aber da stürzte sie schon.‹ Ich legte die Hände über die Augen.

›Ihrer Meinung nach ist sie also gefallen, nicht gestoßen worden.‹

›Ich habe nicht gesehen, daß mein Bruder sie gestoßen hätte.‹

›Hat er sie berührt?‹

›Ich glaube, er hatte eine Hand auf ihrer Schulter, und sie wollte sich losmachen‹, sagte ich nachdenklich.

›Ihr Bruder sagte, er habe sie an beiden Schultern gehalten und geschüttelt.‹

›Ach ja?‹ sagte ich gleichgültig.

›So haben Sie es nicht gesehen?‹

›Wenn er es sagt, muß es so gewesen sein.‹

›Konnten Sie den Gesichtsausdruck Ihrer Schwester erkennen?‹

›Nein. Sie stand mit dem Rücken zum Fenster.‹

»Sie sahen das Gesicht Ihres Bruders.‹

›Ja.‹

›Sah es aus, als handele es sich um ein Spiel?‹ fragte Mr. Pierce mit Bedacht.

›Es sah jedenfalls nicht aus, als habe er die Absicht, sie aus dem Fenster zu werfen‹, konterte ich scharf.

›Wissen Sie, worum es bei dem Streit ging?‹

›Ich wußte bisher nicht einmal, daß sie sich gestritten hatten.‹

›Vielen Dank, Ma'am, dann wollen wir Sie nicht länger aufhalten.‹

Vor Lucys Tür war ein Polizist postiert, der darauf wartete, hereingerufen zu werden, sobald sie wieder zu sich kam. Seine Kollegen zogen nach einer Weile ab und ließen ihn zurück.

Ich suchte den ganzen Garten nach Harry ab und fand ihn schließlich auf dem Boden über dem Stall. Er saß auf einer Haferkiste und trank holländischen Genever, den der Stalljunge ihm besorgt hatte. Im Stroh neben ihm stand eine Laterne.

›Ich habe dich überall gesucht‹, sagte ich. ›Mach ein bißchen Platz, Harry.‹

›Laß mich in Ruhe, Blanche. Ich will niemanden sehen.‹

Ich kniete mich unbeholfen in das Stroh zu seinen Füßen. ›Was ist passiert, Harry?‹

›Frag doch die Polizisten, die wissen Bescheid.‹

›Glauben sie, daß du – daß du versucht hast, sie umzubringen,‹ fragte ich scheu.

Unvermittelt zerriß Harrys rauhes Lachen die dunkle Stille. ›Viel hätte nicht gefehlt, dann hätte ich es wirklich getan.‹ Voller Trotz und um meinem Blick auszuweichen, hob er wieder die Flasche an die Lippen.

›Warum warst du so wütend auf sie, Harry? Was hat sie dir getan?‹

›Das will ich dir sagen. Meine Gedichte hat sie gestohlen und Papa gezeigt. Der alte Herr läßt mich kommen, ich gehe rein, völlig ahnungslos, da fragt er mich, was, zum Teufel – pardon, Blanche! –, das alles bedeuten soll. Hat mir vorgeworfen, ich wäre in sie verliebt gewesen. Ich hab sie nicht ausstehen können, hab ich gesagt, ein Luder war sie, durch und durch verdorben, gut, daß sie tot ist, da kann sie keinen Schaden mehr anrichten. Jawohl, das hab ich gesagt. Was diese schmutzigen Verse zu bedeuten haben, will er wissen. Ich hab den Mund gehalten. Daß ein Sohn von ihm, hat er gesagt . . .‹ Harry warf sich in Positur und wäre um ein Haar von der Kiste gefallen. ›He, gib mir die Pulle zurück.‹

›Sei nicht so geizig, Harry, laß mich auch mal trinken.‹ Ich hielt die Flasche in meinem Schoß, so daß der Inhalt auf den Boden lief.

›Sprich weiter‹, bat ich. ›Was war mit Lucy?‹

›Sie ist an allem schuld, das dumme Stück. Geschnüffelt hat sie. Ich hab ihr 'nen Denkzettel verpassen wollen. Am liebsten hätte ich sie ja wirklich umgebracht, aber sie ist von selber gefallen, die dumme Gans.‹

›Es war ein Unfall, Harry, nicht wahr? Du hast sie nicht gestoßen.‹

›Hätt' sich ja nicht so plötzlich loszumachen brauchen, die blöde Trine. Ich hab sie nur tüchtig durchgeschüttelt. Jetzt gib mir die Flasche zurück, Blanche.‹

›Du solltest nichts mehr trinken, Lieber.‹

›Besser sich mit Gin besprengen, als am Hals vom Galgen hängen‹, lachte er. ›Taugen alle nichts, die ganzen Sheridan-Kerls. Robert nicht und Harry nicht. Lumpenpack.‹ Er redete immer unzusammenhängenderes Zeug, sein riesiger Schatten zuckte über die spinnwebbedeckte weiße Decke. Ich schloß die Laternentür und kletterte die Leiter hinunter.

Wann Harry zu Bett ging, weiß ich nicht, ich hörte ihn nicht nach Haus kommen. Aber am nächsten Tag war er wieder ganz normal, wenn auch sehr blaß und bedrückt.

Lucy kam erst gegen Mittag wieder zu sich. Zufällig waren wir – bis auf Oliver – alle bei ihr im Zimmer, als sie die Augen öffnete. Die Krankenschwester beugte sich über sie und sprach leise auf sie ein. Sie antwortete nicht, ihr Blick war vage und unscharf. Papa griff nach ihrer schlaffen Kinderhand und tätschelte sie sanft. Sein Gesicht hing über ihr, und plötzlich schien sie ihn zu erkennen und lächelte. Die Pflegerin brachte sie nach einigem Zureden dazu, ein wenig Brühe zu sich zu nehmen. Beim Trinken betrachtete sie uns erstaunt, offenbar wußte sie nicht recht, was wir alle in ihrem Zimmer zu suchen hatten. Der Polizeibeamte trat mit seinem Block an ihr Bett. Ein Ausdruck der Angst ging über ihr Gesicht.

›Können Sie uns erzählen, was geschehen ist, Miss?‹

›Geschehen?‹ wiederholte sie gepreßt.

›Woran können Sie sich erinnern?‹

Sie dachte nach. Es fiel ihr sichtlich schwer. Und dann flüsterte sie: ›Harry . . .‹

›Was ist mit Harry?‹

›Er war wütend. Oben im Kinderzimmer. Ich hatte Angst.‹ Sie wandte den Kopf hin und her. ›Er hat mir weh getan.‹

›Was haben Sie da gemacht?‹

›Ich habe gesagt: Nicht, Harry, nicht.‹

›Warum hatten Sie Angst, wissen Sie das noch?‹

›Ich hatte Angst . . . Angst . . . er tat mir weh . . . und dann kam plötzlich der Boden auf mich zu.‹ Sie machte sich ganz klein in den weißen Kissen. ›Ich bin aus dem Fenster gefallen, nicht?‹

›Das genügt‹, verlangte die Pflegerin streng. ›Unsere Patientin wird uns sonst noch hysterisch.‹

›Noch eine Frage‹, bat der Constable. ›Wie kam es, daß Sie fielen, Miss, wissen Sie das noch?‹

›Ich verstehe Sie nicht‹, sagte sie. Ihre Stimme klang hoch und kindlich.

›Sind Sie ausgerutscht, haben Sie das Gleichgewicht verloren? Oder sind Sie gefallen, als ob – man Sie gestoßen hätte?‹

Sie sah uns an. ›Ich bin gestoßen worden‹, sagte sie klar und deutlich. ›Harry hat mich gestoßen.‹

Harry strebte zur Tür. ›Lügnerin, verdammte Lügnerin‹, zischte er, als er an ihrem Bett vorbeikam. Dann stürzte er aus dem Zimmer.

›Schluß jetzt‹, sagte die Pflegerin beleidigt. ›Das ist schließlich *meine* Patientin.‹ Und sie scheuchte uns alle hinaus.«

11 Der Schatten der ersten Mrs. Sheridan

»Die dumme kleine Trine wußte wohl nicht, was sie da angerichtet hatte«, sagte die alte Dame nachdenklich. »Niemand kann sagen, ob die Beweise ausgereicht hätten, den armen Harry zu verhaften. Wegen Mordes an seiner Stiefmutter, meine ich. Denn in diese Richtung gingen wohl die Überlegungen der Polizei, nachdem sie die schwärmerischen Verse gelesen hatten. Sie wissen ja, wie Polizisten sind. Verse sind ihnen von vornherein suspekt. Der Inhalt ist dabei zunächst einmal gar nicht so wichtig.

Vielleicht dachten sie, er würde, wenn er erst einmal in Haft war, schließlich doch ein Geständnis ablegen. Fairerweise muß ich sagen, daß der Verdacht gar nicht so ganz unbegründet war. Er war ganz offensichtlich in sie verliebt gewesen, und es handelte sich um eine unglückliche, verbotene Liebe. Außerdem war er der Besitzer des Zyankalis, er hatte noch kurz vor der Katastrophe Nachschub gekauft und wußte, was für ein gefährliches Gift es war.

Ich habe jetzt durchaus Verständnis für das Verhalten der Polizei. Damals allerdings war ich außer mir vor Empörung. Der arme Harry! Ich war dabei, als sie ihn verhafteten. Wegen vorsätzlicher Körperverletzung. Er sagte nichts, wurde nur leichenblaß und sah mich an.

›Es ist ein Irrtum, Harry‹, sagte ich. ›Natürlich ist es ein Irrtum. Wir wissen alle, daß du es nicht getan hast. Hab keine Angst.‹

›Ich komme nicht wieder‹, gab er zurück.

›Das darfst du nicht sagen, Harry.‹ Ich klammerte mich an ihn.

›Ich komme nicht wieder hierher zurück‹, beharrte er. ›Dazu ist zu viel geschehen. Sag Vater . . ‹ Er unterbrach sich und zuckte die Schultern. ›Nein. Soll er denken, was er mag.‹ Resigniert ließ er sich abführen.

Ich ging sofort zu Lucy. ›Sie nehmen Harry mit‹, sagte ich ernst.

›Ach . . .‹ Sie hielt sich eine Haarsträhne vors Gesicht, durch die sie mich anblinzelte.

›Das hast du ja wirklich sehr schön hingekriegt.‹

›Hingekriegt? Ich weiß nicht, was du meinst.‹

Sie war eben noch ein Kind und in dem Alter, in dem man den Kopf voller romantischer Flausen hat. ›Glaubst du wirklich, ein Mädchen, dessen Bruder im Gefängnis gesessen hat, kriegt so ohne weiteres noch einen Mann?‹ fragte ich.

Sie strich sich mit einer raschen Bewegung das Haar aus dem Gesicht und sah mich aus geweiteten Augen an.

›Im Gefängnis? Blanche!‹

›Natürlich wird er ins Gefängnis müssen‹, sagte ich. ›Du hast der Polizei erzählt, daß er dich aus dem Fenster gestoßen hat.‹

Sie brach in Tränen aus. ›Aber das stimmt doch gar nicht‹, jammerte sie. ›Sie sollen ihn zurückbringen, Blanche. Sag ihnen, daß ich es nicht so gemeint habe. Ich habe mich geirrt. Es war ein Irrtum, hörst du . . .‹

Verständlicherweise waren die Polizeibeamten wütend auf Lucy, aber sie konnten nichts machen. Sie mußten ihn freilassen. Wegen Körperverletzung konnten sie ihn nicht mehr festhalten, und für die andere Sache hatten sie wohl noch nicht genug Beweismaterial.

Harry kam also trotz seiner Voraussage wieder heim. Es blieb ihm nichts anderes übrig. Bis zur Aufklärung des Falles durfte keiner von uns die nähere Umgebung verlassen. Ich glaube, daß es ihm im Grunde gleichgültig war, ob die Polizei ihn verdächtigte oder nicht, ein bißchen amüsierte es ihn sogar. Was ihn in der stolzen Unschuld seiner Jugend sehr getroffen hatte, war die Tatsache, daß Vater seinem eigenen Sohn zugetraut hatte, er könne ihn betrogen haben. Die schon lange glimmende, durch Sophia fleißig geschürte Feindseligkeit loderte jäh auf und wurde zu Haß.

Drei Tage hielt er es aus – dann verschwand er, ohne eine Nachricht zu hinterlassen, in einer Neumondnacht. Außer ein paar persönlichen Papieren nahm er nichts mit. Seine Sachen blieben im Schrank hängen wie die verlassenen Hüllen eines alten Lebens, für die er keine Verwendung mehr hatte.

Harrys Verschwinden stürzte uns in tiefste Verwirrung. Wir hatten Angst, er könne sich das Leben genommen haben. Wenn er uns nur eine Zeile geschrieben hätte . . . Und die Polizei wollte uns einfach nicht glauben, daß wir in seine Flucht nicht eingeweiht gewesen waren. Die Beamten waren wütend; es war die hilflose Wut einer Katze, die eine Maus durch ihre Pfoten hat schlüpfen lassen.

Gut eine Woche erwarteten wir jeden Augenblick die Nachricht, seine Leiche sei irgendwo am Strand angeschwemmt worden. Dann hörten wir, ein Fuhrmann habe ihn in der Nähe von Harwich aufgenommen. Aber danach verlor sich seine Spur. (Erst nach Jahren erfuhr ich, was wirklich geschehen war. Er war zu Fuß nach Harwich gegangen, war frühmorgens, als im Hafen gerade das Leben erwachte, dort angekommen und hatte sofort auf einem Handelsschiff mit Ziel Penang angeheuert.)

Damals aber wußten wir nicht, ob er durchgebrannt oder vielleicht schon tot war. Ich war zwar wie betäubt von dem Schock, verspürte aber gleichzeitig eine heimliche Erleichterung. Denn jetzt , dachte ich mir, würden die Ermittlungen sicherlich eingestellt werden. Würde die Polizei nicht Harrys Flucht oder Selbstmord als ein Eingeständnis seiner Schuld werten? Aber Polizeibeamte sind beharrlich wie Bullenbeißer. Was sie einmal zwischen den Zähnen haben, lassen sie so schnell nicht wieder los.

Doch ich hatte auch noch nicht begriffen, daß nichts wieder so sein würde wie früher, daß für keinen von uns das Leben je wieder normal verlaufen würde. Daß die Leute ein langes Gedächtnis haben.

Ich war, weil ich inzwischen ziemlich stark geworden war, mit dem Landauer ins Dorf gefahren und hatte vor Cornstalks, dem Kurzwarengeschäft, halten lassen, um ein paar Kleinigkeiten zu besorgen. Als ich hereinkam, summte der Laden vor Stimmen. Ich trat an den Ladentisch. Mrs. Gifford, Mrs. Avery und Miss Nuthall sahen zur Seite, und plötzlich stand ich allein vor dem Verkäufer. Die Damen waren verschwunden. Ich merkte, daß es seltsam still geworden war, als stünde das Geschäft voller Wachsfiguren, die mich beobachteten. Es kostete mich große Anstrengung, meine Einkäufe zu tätigen, und als ich wieder zum Wagen kam, zitterten mir die Knie.

Nach dieser deprimierenden Expedition begann ich mir Gedanken darüber zu machen, was eigentlich aus uns allen werden sollte. Ich wußte, daß mein Mann darauf brannte, die *Grange* zu verlassen, obgleich er mich kaum ansprach, sondern nur antwortete, wenn ich das Wort an ihn richtete. Er lag den lieben langen Tag apathisch und mir verdrießlicher Miene auf dem gestreiften Sofa im Salon, trank Brandy und Soda und tat, als läse er in einem seiner juristischen Wälzer. Aber sein Blick ruhte stundenlang auf einer Seite, ehe er daran dachte, sie umzudrehen.

Ich ging zu Papa und zwang ihn, mich anzuhören. Wir würden das Dorf verlassen müssen, sagte ich, wir würden an einem Ort, in dem uns niemand kannte, ein neues Leben anfangen müssen, sobald die Ermittlungen abgeschlossen waren.

Er sah mich an, als sei ich eine fremde, aufdringliche Person.

›Warum?‹

›Du bist schon lange nicht im Dorf gewesen, Papa. Du weißt nicht, wie die Leute sind . . . Sie reden über den Skandal.‹

›Na und? Laß sie reden‹, sagte Papa gleichgültig.

›Aber es ist abscheulich‹, sagte ich leise und senkte den Kopf. ›Ich wollte es dir eigentlich nicht sagen. Aber heute haben mich Mrs. Gifford, Mrs. Avery und Miss Nuthall glatt geschnitten.‹

›Glaubst du wirklich, ein Haufen schwatzender Weiber könnte mich aus meinem Haus vertreiben, liebes Kind?‹ fragte er mit seiner müden, schleppenden Stimme.

›Oliver möchte weg von hier, sobald das möglich ist‹, sagte ich unglücklich. ›Er will nach London. Ich werde mit ihm gehen müssen.‹

›Natürlich.‹

›Aber ich kann dich doch hier nicht allein lassen‹, sagte ich verzweifelt.

›Warum nicht?‹ fragte er mit leichtem Lächeln.

›Ich kann es nicht zulassen, daß du hier lebst wie ein Eremit.‹

›Ist es nicht völlig gleichgültig, was jetzt aus mir wird, mein liebes Kind? Ich bin ein alter Mann, der nur noch auf den Tod wartet. Mein Leben ist vorbei.‹

›So etwas darfst du nicht sagen, Papa. Du darfst nicht so unglücklich sein. Wir werden einander helfen, all die schrecklichen Dinge zu vergessen, die geschehen sind. Versprich es mir, Papa. Ich könnte es nicht ertragen, ohne dich zu leben.‹

Er wehrte meine Umarmung ab. ›Unsinn, Kind. Du bist jung, dein Leben liegt noch vor dir. Du hast deinen Mann, und du mußt an die Zukunft deines Kindes denken. Es ist deine Pflicht, mit der Vergangenheit abzuschließen.‹

Mein Herz klopfte hart und schmerzhaft. Steif und hilflos stand ich vor ihm. ›Was habe ich getan, Papa?‹ fragte ich leise. ›Liebst du mich nicht mehr?‹

Er sah einen Augenblick in mein blasses Gesicht, als sei dies eine Frage, über die er erst nachdenken müsse. Dann sagte er:

›Ich kann dich nicht lieben. Ich kann nichts und niemanden mehr lieben. Ein totes Herz ist keiner Liebe mehr fähig.‹

Viele Leute reden leichthin von ihrem gebrochenen Herzen und lieben trotzdem wieder. Aber wenn ein Herz in Wahrheit gebrochen ist, kann es keine Liebe mehr aufnehmen. Dennoch konnte ich nicht glauben, daß er einfach aufgehört hatte, mich zu lieben. Ich dachte mir, er müsse böse auf mich sein, ich müsse ihn irgendwie gekränkt haben. Weinend ging ich auf mein Zimmer und warf mich aufs Bett. Ich weigerte mich zu glauben, daß es für ihn keine Zukunft gab, das wäre zu trostlos gewesen. Er wird es sich anders überlegen, dachte ich, ich werde dafür sorgen, daß er es sich anders überlegt.

Die zweite niederschmetternde Erkenntnis war, daß der naheliegendste Verdächtige im Mordfall Sophia Sheridan mein geliebter Vater war.

Als die Ermittlungen nach Harrys Verschwinden doch nicht im Sande verliefen, erfuhr ich, daß sich die Polizei auf Papa konzentriert hatte. Wer weiß, vielleicht hatten sie mit Harrys Verhaftung nur ihre eigentlichen Absichten tarnen wollen. Hätte Papa gewußt, daß Sophia ein Kind von einem anderen Mann erwartete, hätte sogar ich eingesehen, daß Verdachtsgründe gegen ihn bestanden. Aber da wir alle – wenn auch aus unterschiedlichen Gründen – versucht hatten, ihm diese Tatsache zu verheimlichen, war mir der Gedanke bisher noch nicht gekommen.

Fast über Nacht summte es im Dorf von Gerüchten. Anonyme Briefe tauchten auf. Wir bekamen natürlich keinen, aber eine freundliche Dame brachte mir ihr Exemplar ins Haus.

Sie schlug ihren Schleier zurück und sagte offen, Sie wüßte nicht, ob sie nicht eigentlich zur Polizei gehen müßte. Es sei wohl ihre Pflicht, aber . . . So eine schändliche Verleumdung . . . Was ich davon hielte?

»WIE IST DIE ERSTE MRS. SHERIDAN GESTORBEN? VIELLEICHT HÄTTE DER DOKTOR DEN TOTENSCHEIN NICHT SO SCHNELL UNTERSCHREIBEN SOLLEN? WAS WIRD DIE POLIZEI UNTERNEHMEN? WARUM KÜMMERT SICH NIEMAND DARUM? MÖRDER DÜRFTEN NICHT SO LEICHT DAVONKOMMEN.«

Meine Finger zitterten so heftig, daß es mir schwerfiel, diese böse Epistel zu zerreißen, aber endlich hatte ich es geschafft, sie in so winzige Fetzen zu zerkleinern, daß niemand sie mehr hätte zusammensetzen können.

›So, jetzt wissen Sie, was ich davon halte‹, sagte ich mit mühsamem Lächeln.

›Aber Liebste‹ sagte die Dame schockiert. ›Das hätten Sie nicht tun sollen. Nennt man so etwas nicht Beweismaterial?‹

›Beweismaterial wofür?‹ fragte ich ungerührt.

›Sie hätten den Brief wenigstens einem der Herrn zeigen sollen‹, tadelte sie.

›Warum haben Sie sich dann nicht bei einem von ihnen melden lassen? Sie hätten ihn Mr. Sheridan zeigen sollen‹, sagte ich bitter.

Sie fächerte sich mit ihrer Visitenkartentasche Luft zu. ›Aber ich bitte Sie, Liebste! Ich behaupte ja gar nicht, daß auch nur ein Wort von dem, was in diesem gräßlichen Schrieb steht, wahr ist. Aber – das ist alles so schrecklich für Sie, meine liebe Mrs. Bridgewater, Sie sind so jung . . . Ich glaube wirklich, das beste ist, sich solchen Anwürfen ganz offen zu stellen, wenn man von ihnen nichts zu befürchten hat, sonst bleibt doch immer etwas hängen. Junge Menschen sind impulsiv, das ist ganz natürlich, aber lassen Sie sich von einer erfahrenen Frau raten: Man kommt nicht weit damit.‹ Sie streifte den Schleier über ihr Lächeln und erhob sich.

Ich dankte ihr höflich. Nachdenklich sagte sie: ›Vielleicht hätte ich doch zur Polizei gehen sollen. Aber ich fand es einfach fair, Ihnen zu zeigen, was da auf Sie zukommt. Leben Sie wohl, Mrs. Bridgewater.‹ Sie nickte kühl und ging.

Sie hätte sich keine Sorgen zu machen brauchen. Es fand sich ein wohlmeinender Mitmensch, der die Polizei von dem Inhalt der anonymen Briefe in Kenntnis setzte. Ich frage mich, was die Polizei unternommen hätte, wenn man ihr die Entscheidung überlassen hätte und sonst nicht geschehen wäre.

Denn – es war unvorstellbar – das Dorf verlangte lautstark eine Exhumierung. Papa, hieß es, habe Mama ›beiseite geschafft‹. Sie glauben gar nicht, wie gleichermaßen lächerlich und bedrohlich das klang. Papa, hieß es, habe auch sie vergiftet. Sie können sich nicht vorstellen, welches Entsetzen, welcher Ekel einen überkommen, wenn die ganze Vergangenheit wieder ans Licht gezerrt und mit einer negativen Ausdeutung versehen wird. In dem Leben auch des Achtbarsten unter uns gibt es Dinge, die wir vor Dritten sorgfältig geheimhalten. Nicht weil es etwas Böses wäre, sondern weil es geheiligte Dinge sind. Die Erinnerung an Mama war Papa und mir heilig.

Auch das Harmloseste wirkt schief und verdächtig unter dem erbarmungslosen Scheinwerferkegel des Dorfklatsches, dem man nicht entkommen kann, wie man sich auch dreht und wendet. Ebensowenig, wie ich der Erinnerung an Mamas verfallenes Gesicht entkommen konnte, wie sie, erschöpft vom Würgen, bleich und fahl in den Kissen lag.«

Die alte Dame machte eine nachdenkliche Pause, dann fuhr sie fort: ›Schließlich raffte ich mich auf und ging zu Mr. Gifford, dem Ehemann der Dame, die mich neulich beim Kurzwarenhändler geschnitten hatte. Die beiden waren mit Mama eng befreundet gewesen. Ich fragte ihn, ob er nicht gegen diese schrecklichen Gerüchteköche etwas tun könne.

›Was könnte ich wohl tun, mein liebes Kind?‹ fragte er zurück.

›Sie könnten laut und deutlich erklären, wie gemein, wie ungeheuerlich solche Behauptungen sind. Sie kannten Mama. Sie wissen, wie sehr Papa sie geliebt hat. Können Sie sich vorstellen, daß er sie vergiftet hat? Er war völlig gebrochen, als sie starb. Vier Jahre lang hat er sich vor der Welt ganz in seinen Kummer zurückgezogen. Hätte er das getan, wenn sein Schmerz nicht aufrichtig war? Und diese gemeinen Klatschbasen wagen es zu behaupten . . .‹

›Jeder Mensch hat Feinde, manchmal weiß er es nur nicht‹, sagte Mr. Gifford ruhig.

›Feinde?‹ wiederholte ich überrascht. Und dann sah ich die alte Mrs. Falk vor mir, wie sie uns auf dem Friedhof angefunkelt hatte. Das war ihr böses Werk. Weshalb war ich nicht schon eher darauf gekommen?

›Ich kann Ihnen ganz genau sagen, wer diese Verleumdungen verbreitet hat‹, begann ich eifrig.

Er hob die Hand. ›Mit Anklagen ist niemandem gedient.‹

›Sie könnten erzwingen, daß diese Verleumdungen aufhören. Sie könnten mit Strafverfolgung drohen. Schließlich sind Sie Friedensrichter‹, drängte ich.

Er schüttelte bedächtig das silberne Haupt. ›Ich fürchte, dazu ist es schon zu spät.‹

›Sagen Sie mir die Wahrheit, Mr. Gifford‹, bat ich. ›Glauben Sie, daß Papa es fertiggebracht hätte, Mama zu vergiften?‹

Er überlegte lange, mir kam es vor wie eine Ewigkeit. ›Nein‹, entschied er schließlich.

›Dann muß es eine Möglichkeit geben, diese abscheulichen Gerüchte zum Verstummen zu bringen.‹

›Die gibt es auch – wenn Ihnen aufrichtig daran liegt, daß das Gerede aufhört.‹

›Natürlich.‹

›Die Unschuld Ihres Vaters muß unter Beweis gestellt werden. Wenn das geschehen ist, gibt es nichts mehr zu reden.‹

›Aber wie denn?‹

›Ihr Vater muß, um sich von jedem Verdacht zu reinigen, die Exhumierung selbst beantragen.‹

›Das – das könnte ich Papa nie sagen‹, stammelte ich. ›Er würde sich nie bereitfinden, Mamas Grab zu schänden.‹

›Was hat er zu fürchten?‹ fragte Mr. Gifford leise.

›Nichts natürlich. Darum geht es nicht. Aber nur um einen Verdacht von sich abzuwenden, würde er das nicht tun. Die Gerüchte sind ihm gleichgültig, alles ist ihm gleichgültig geworden. Er ist ein gebrochener Mann.‹ Ich hörte, daß meine Stimme schwankte, während ich die Wahrheit meiner Worte erkannte. ›Wenn Sie ihn jetzt sehen könnten, wenn Sie sehen könnten, wie alt und müde und erstorben er aussieht – die Tränen würden Ihnen kommen.‹

Aber Mr. Gifford kamen keineswegs die Tränen. ›Dann wird er sich möglicherweise gefallen lassen müssen, daß man sich über seinen Willen hinwegsetzt.‹

›Wie meinen Sie das?‹

›Wenn eine Exhumierung beantragt wird und der Innenminister sie genehmigt, kann er nichts dagegen tun. Wenn Sie mich fragen: Es wäre das Beste, was ihm passieren könnte.‹ Er betrachtete seine Fingernägel und setzte hinzu: ›Das können Sie Ihrem Vater von mir ausrichten.‹

›Sie glauben also, Mr. Gifford, daß es so kommen wird?‹ fragte ich leise und sah ihn besorgt an.

›Sie sollten mir keine Fragen stellen, die ich Ihnen nicht beantworten darf‹, sagte er. Nun wußte ich es also.

Ich hatte Angst. Die häßlichen Verdächtigungen hatten mich

infiziert, und ich hatte furchtbare Angst vor der Exhumierung und dem, was dabei zutage treten konnte. Nicht eine Sekunde lang gestattete ich mir den Gedanken, Papa könne tatsächlich versucht haben, Mama zu vergiften. Aber wer weiß, was sich im Körper eines Menschen, der jahrelang in der Erde gelegen hat, abspielt, ob sich nicht harmlose Substanzen zu irgendeinem tödlichen Gift verbinden können. Und wenn man erst einmal in Mamas Leiche Gift gefunden hatte, war Papa nicht mehr zu retten.

Was würde Papa tun, wenn er von der drohenden Exhumierung erfuhr? Ich dachte, er würde . . . Nein, ich weiß nicht, was ich dachte, aber ich war außer mir vor Sorge um ihn. Von mir, beschloß ich, sollte er es nicht erfahren. Ich würde mich weigern, ihm diese schlimme Nachricht zu überbringen.

Als er es dann erfuhr, tat er überhaupt nichts. Er war wie ein Löwe in der Falle, gefesselt und geknebelt, der an die Würdelosigkeit seiner Lage nicht glauben mag.

Auch wenn die Exhumierung nichts Auffälliges ergab, war damit der Verdacht, Papa könne seine zweite Frau ermordet haben, noch nicht aus der Welt geschafft. Er konnte doch nicht bis zum Ende seiner Tage die schwere Bürde dieser Anschuldigung mit sich herumschleppen.

Noch unvorstellbarer für mich aber war die Möglichkeit, mein Held könne gar vor Gericht gestellt werden. Ehe es dazu kam, hätte ich mich wohl lieber selbst geopfert. Ja, das war die einzig denkbare Lösung: Der wahre Schuldige mußte gefunden werden.«

12 Die alten Papiere

»Haben Sie schon mal an einer Exhumierung teilgenommen?« fragte die alte Dame im gleichen Ton, wie sie etwa gefragt haben könnte: »Waren Sie schon mal bei der Königin zum Tee?« Sie beantwortete die Frage der Einfachheit halber gleich selber. »Vermutlich nicht. Stellen Sie sich die hohen schwarzen Eiben vor, die den Himmel verdecken, den kalten, klagenden Klang, mit dem die Spaten der Totengräber in den harten Lehmboden eindringen, stellen Sie sich in einer Ecke des Friedhofs ein Leinwandgeviert vor wie einen überdimensionalen Lampion, der am Boden steht, ein Geviert, hinter dem sich Schatten bewegen, die aussehen wie Nachtfalter, die im Lampion eine Kerze umschwirren. Was geht dort vor? Die Phantasie beschwört Rembrandtbilder herauf . . . Helldunkel . . . Anatomiesäle . . . Man versucht vergeblich, nicht an das schöne weiche Haar an den gebleichten Schläfen zu denken. Man versucht, die Skalpelle nicht zu sehen, die in das hohle Becken tauchen. Man versucht die Frage von sich zu schieben, was diese fremden Männer mit den ernsten, verschlossenen Gesichtern in den zusammengeschrumpften Organen finden werden.«

»Müssen Sie so makaber sein?« protestierte Mr. Jones.

»Wie sonst soll man ein makabres Thema behandeln?« konterte sie. »Wenn es Sie graust, brauchen wir das aber nicht weiter auszuführen.« Vergeblich versuchte er ihr zu erklären, daß es sich bei ihm nicht um ordinäres Gruseln handelte, sondern daß er eben ein Mann von hoher Sensibilität und Gemütstiefe war.

Doch während er sich noch gegen ihre Unterstellung wehrte, wurden sie von einem Mann in weißem Drillich unterbrochen, der mit einer tiefen Verbeugung etwas meldete. Die alte Dame nickte einoder zweimal und schickte ihn weg. Aber die Beiläufigkeit, mit der sie es tat, ließ plötzliche Zweifel in Mrs. Jones wach werden.

»Wer war das?« fragte er schroff.

Die alte Dame sah ihn mit mildem Vorwurf ob dieses Verstoßes gegen die Etikette an.

»Ich meine«, stotterte Mr. Jones verlegen, »ich dachte, es hätte vielleicht etwas mit meiner Maschine zu tun. So langsam mache ich mir doch Sorgen.« In Wirklichkeit war ihm die Flugzeugpanne erst in diesem Augenblick wieder eingefallen. »Vielleicht sollte ich doch mal nachsehen, wie weit er ist? Diese Burschen reißen sich sonst nämlich kein Bein aus.«

»Nur keine Aufregung«, sagte Miss Hine. »Die Maschine wird Ihnen rechtzeitig wieder zur Verfügung stehen.«

Er sah die freundliche alte Dame scharf an. »Der Mann hat Ihnen gemeldet, daß die Reparatur beendet ist, stimmt's?«

»Stimmt.«

»Dann muß ich los.« Er sprang auf.

»Wozu die Eile?«

»Wir müssen noch vor Anbruch der Dunkelheit starten. Ich habe nämlich den Eindruck, daß Ras Ali kein besonders guter Pilot ist.«

»Aber es ist noch nicht einmal sechs. Bis zum Sonnenuntergang haben wir noch zwei Stunden. Reichlich Zeit also. Außerdem können Sie nicht verlangen, daß der Mann Sie ohne jede Ruhepause und mit leerem Magen durch die Nacht fliegt. Seien Sie vernünftig, junger Mann.«

»Sie haben ja recht«, sagte Mr. Jones unbehaglich. »Ich fürchte nur, Mahmoud Kahn wird sich Sorgen um mich machen. Selbst wenn wir nicht hoffnungslos vom Kurs abgekommen wären, – wir sind schon seit Stunden überfällig.«

»Über so eine Kleinigkeit wie ein vermißtes Flugzeug macht sich Mahmoud Khan keine Sorgen, das dürfen Sie mir glauben«, versicherte Miss Hine. »Die Tiefen des Meeres und die Weiten der Wüste sind voll von den Gebeinen all der armen Hauslehrer und Sekretäre, die von Mahmoud Kahn engagiert wurden und nie an ihrem Bestimmungsort eintrafen. Das stört ihn nicht im geringsten. Wenn der bestellte Hauslehrer nicht auftaucht, engagiert Mahmoud Kahn einfach per Post den nächsten.«

»Am 17. Oktober muß ich wieder in London sein.« Mr. Jones war etwas weiß um die Nasenspitze geworden.

»Ich bin wirklich schon sehr gespannt, ob Sie heil ankommen«, sagte Miss Hine herzlich. »Sie müssen mir Ihre Adresse geben. Versprechen Sie mir das?«

»Sie glauben doch nicht . . .« Er verstummte.

»Keine Angst, ich werde Ihnen einen starken Zauberspruch machen lassen, da kann Ihnen gar nichts mehr passieren. Ich habe nämlich einen ausgezeichneten Zauberer.« Sie sprach in dem gleichen Ton, in dem sie ihren Fahrer und ihren Koch gelobt hatte. »Jetzt setzen Sie sich nur wieder, machen Sie es sich bequem.«

»Glauben Sie tatsächlich an Zauberer und Zaubersprüche und so etwas?« fragte der junge Mann vorsichtig.

Sie lächelte. »Tja, wissen Sie, es gibt die erstaunlichsten Dinge, an die es sich zu glauben lohnt. Aber wenn Sie das Ende meiner Geschichte hören möchten, sollten wir keine Zeit mehr verlieren.«

»Ja, das möchte ich sogar sehr gern«, sagte Mr. Jones, denn eine so verdrehte alte Schachtel traf er bestimmt so schnell nicht wieder.

Miss Hine legte die Hände leicht im Schoß zusammen und fuhr fort:

»Am wichtigsten war es zunächst, Mrs. Falk, diesem alten Scheusal, den Mund zu stopfen. Ich wußte, daß sie sich noch bei ihrer Schwester, Mrs. Livingstone, aufhielt.

›Aha‹, sagte sie sehr zufrieden, als sie mich erblickte. ›Da sind Sie ja endlich. Hab doch immer gesagt, daß Sie eines Tages hier antanzen würden, stimmt's Fanny? Los, sag dem Mädchen, sie soll Tee machen. Den guten Tee, Fanny‹, rief sie ihr nach. ›So, und jetzt zu Ihnen.‹

›Es handelt sich nicht um einen Höflichkeitsbesuch, Mrs. Falk‹, begann ich streng.

›Hab ich auch nicht angenommen‹, gab sie ungerührt zurück. ›Sie sind gekommen, weil Sie was von mir wollen. Ich kenn euch doch‹, fügte sie voller Verachtung hinzu.

›Ich will, daß Sie aufhören, meinem Vater ein Verbrechen anzuhängen, das er nie begangen hat.‹

›Ich? Was hab ich damit zu tun?‹ Sie riß die Augen auf.

›Leugnen Sie nicht, ich weiß ganz genau, daß Sie dahinterstecken. Ich wäre nicht gekommen, Mrs. Falk, wenn ich das nicht beweisen könnte.‹

›Gedanken sind ja wohl noch nicht verboten.‹

›Anonyme Briefe hingegen werden juristisch wesentlich anders bewertet.‹

›Ich will nur Gerechtigkeit‹, erklärte die Alte, schlug die Knöchel übereinander und betrachtete ihre breiten Zehen.

Ich horchte zur Tür hinüber. ›Ich würde gern ohne Zeugen mit Ihnen sprechen‹, sagte ich, während ich den Kopf senkte und über meine Handschuhe strich.

Sie rutschte von ihrem Sessel, watschelte wortlos zur Tür, die schlaue alte Hexe, machte sie auf und war offensichtlich nicht überrascht, als sie Mrs. Livingstone vor dem Schlüsselloch knien sah wie im Gebet. Die Ärmste hätte nicht überraschter aussehen können, wenn der Gott, zu dem sie gebetet hatte, plötzlich vor ihr erschienen wäre.

›Hier wirst du deinen Brief nicht finden, Fanny‹ sagte die Alte ungerührt.

›Es ist kein Brief, den ich suche, Amelia.‹ Mrs. Livingstone erhob sich hastig. ›Mir ist ein Stein aus Reginalds Granatarmband gefallen. Ärgerlich, nicht wahr? Ich dachte, er wäre vielleicht in dem Vorleger hängengeblieben.‹

›Such nur schön, Liebes. Ich laß die Tür offen, damit du besser siehst‹, sagte die Alte boshaft, aber Mrs. Livingstone war, noch immer Ausreden stammelnd, schon verschwunden.

›Man kann's der armen Fanny nicht übelnehmen‹, sagte Mrs. Falk freundlich, während sie sich wieder auf ihren Sessel schwang. ›Sie will einfach wissen, wie lange sie mich noch hierbehalten muß. Hat wohl das Gefühl, daß es taktlos wäre, mich geradeheraus danach zu fragen. Und deshalb horcht sie an den Türen für den Fall, daß ich mit jemandem über meine Pläne rede. Aber ich arme alte Frau hab ja keine Pläne. Wo sollte ich denn hin? Ich hab kein Geld. Die paar alten Möbel, das bißchen altmodischer Schmuck bringt nicht viel. Das Zeug hat für mich nur Erinnerungswert. Ja, Erinnerungen, die sind mein ganzer Reichtum.‹ Sie tupfte sich die Augen.

Ich ertappte sie dabei, wie sie mich hinter ihrem Taschentuch beobachtete. Wahrscheinlich wartete sie darauf, daß ich ihre Leistung bewunderte.

›Mir geht es nur darum, die Unschuld meines Vaters zu beweisen, Mrs. Falk‹, sagte ich scharf. ›Und diese Aufgabe haben Sie mir inzwischen so gut wie unmöglich gemacht.‹

›Und mir, Miss Naseweis, geht es nur darum, auf meine alten Tage noch ein bißchen Bequemlichkeit zu haben‹, konterte sie mit abstoßender Vertraulichkeit.

›Hat das eine etwas mit dem anderen zu tun?‹ fragte ich sachlich.

Nachdenklich an ihrer Unterlippe zupfend, fuhr sie fort, ohne auf meine letzte Frage einzugehen: ›Ich habe mich oft gefragt, ob Ihr netter junger Ehemann nicht etwas für mich tun könnte.‹

›Da brauchen Sie sich keine Hoffnungen zu machen, Mrs. Falk. Oliver besitzt nicht einen Penny, wie Sie sehr genau wissen. Er könnte keine hundert Pfund aufbringen, und wenn es um sein Leben ginge.‹

›Wieso? Sie haben ihm doch alles übertragen, was Ihnen gehört, stimmt's? Dann kommt's doch auf dasselbe hinaus.‹

›Sie erwarten also, daß ich Sie ernähre. Ich denke, Mrs. Falk, wir verstehen uns jetzt sehr gut. Aber jedes weitere Wort in dieser Angelegenheit erübrigt sich wohl.‹

›Ganz wie Sie wollen‹, sagte die unglaubliche Alte mit leisem Lachen.

Ich erhob mich. Nein, ich würde keinen Tee trinken, sagte ich und entschuldigte mich. Ich hatte gesagt, was ich hatte sagen wollen. Es war sinnlos, den Besuch länger als nötig auszudehnen. Ich war heilfroh, als ich wieder draußen war. Ich hatte getan,was ich konnte. Jetzt war ich am Ende mit meinem Latein.

Um so erstaunter war ich, als ich am nächsten Tag einen in London aufgegebenen Brief von ihr bekam. Sie mußte unmittelbar nach meinem Besuch zurückgefahren sein.

›Liebe Mrs. Bridgewater‹, hieß es da in krakeliger Schrift. ›Wenn Sie sich für seltene alte Papiere interessieren, hab ich da in den Sachen meiner verstorbenen Tochter welche gefunden, die verkäuflich wären. Mit der Bitte um baldige Antwort bin ich Ihre usw. Amelia Falk.‹

Was hatte die verrückte Alte sich jetzt schon wieder ausgedacht? Wenn sie sich einbildete, irgend etwas aus Sophias Besitz – und mochte es noch so alt und selten sein – könne mich interessieren, hatte sie sich geirrt. Trotzdem schickte ich ihr fast gegen meinen Willen ein Telegramm und bat sie, mir die Papiere umgehend zu schicken.

Wenn sie nicht irgendein raffiniertes Spiel mit mir trieb, konnte ich am folgenden Tag mit der Sendung rechnen. Ich dachte, ich hätte den Brief in meinem kleinen Schreibsekretär eingeschlossen, aber wie das Schicksal manchmal so spielt – ich hatte ihn versehentlich aus der Hand fallen lassen, und am späten Abend fand ihn Oliver zusammengeknüllt zwischen den Sofakissen.

Sie glauben gar nicht, was für ein Theater er mir machte. Ich verstand das absolut nicht. Er wollte wissen, warum sie an mich geschrieben hatte, ruhte nicht, bis er wußte, wann ich sie zum letzten Mal gesprochen hatte, und wollte dann wissen, weshalb ich mit ihr zusammengewesen war und was ich zu ihr gesagt hatte. Er schien mir die Schuld an ihrem lächerlichen Brief zu geben, oder vielleicht brauchte er in seiner Angst – denn daß er große Angst hatte, merkte ich – nur einen Menschen, an dem er sich abreagieren konnte. Ich gestand ihm deshalb vorsichtshalber noch nicht, daß ich den Brief bereits beantwortet hatte. Das wollte ich bei einer günstigeren Gelegenheit tun. Ich müsse ihr Geld versprochen haben, meinte er.

›Wie konnte ich ihr Geld versprechen, Oliver?‹ wandte ich ein. Er wußte genau, daß ich außer Mamas Schmuck, den ich als die Älteste geerbt hatte, nichts besaß. Oliver gab mir von der Summe, die bei meiner Heirat zwischen Papa und ihm als Unterstützung vereinbart worden war, lediglich ein Nadelgeld.

Zumindest müsse ich ihr Hoffnungen gemacht haben, beharrte er gereizt. Weshalb sonst hätte sie mir die Papiere zum Verkauf angeboten?

›Woher soll ich das wissen? Die Alte ist wahrscheinlich total verrückt.‹

›Aber verstehst du denn nicht, Kind?‹ fragte er ungeduldig. ›Sie versucht, dich unter Druck zu setzen. Das ist ein ganz klarer Erpressungsversuch.‹

›Mach dich nicht lächerlich, Oliver. Womit will die Alte mich erpressen?‹

›Wahrscheinlich bildet sie sich ein, irgendwelche belastenden Informationen zu besitzen.‹

›Informationen, die etwas mit Sophia zu tun haben?‹

Er zuckte die Schultern. ›Ich weiß nicht . . .‹

›Was sollen wir tun?‹

›Bei Erpressung gibt es nur eine Möglichkeit‹, sagte Oliver langsam. ›Wir müssen die Polizei einschalten.‹

›Und wenn es nun wirklich etwas ist, was wir lieber nicht an die Öffentlichkeit bringen möchten?‹

›Vielleicht sollte ich, ehe ich die Sache der Polizei übergebe, in unser aller Interesse feststellen, was sie zu wissen glaubt.‹

Er war schon nach London gefahren, als Mrs. Falks mysteriöses Päckchen ankam; die seltenen alten Papiere entpuppten sich als Briefe, die Oliver vor der Heirat an Sophia geschrieben hatte. Und jetzt wurde es selbst einer so unglaublich naiven jungen Person wie mir klar, daß Sophia schon damals seine Geliebte gewesen war.

Die ganze Geschichte kam ans Licht. Alle Einzelheiten der Intrige traten mit der erstaunlichen Klarheit einer an sich ziemlich reizlosen Landschaft hervor, die man sich durch ein Stereoskop ansieht. Die Ehe mit Papa war sorgfältig geplant gewesen. (Natürlich mußt du Deinen Alten heiraten, wenn er anbeißt, hatte Oliver geschrieben.) Für Sophia war es *die* Chance gewesen, der quälenden Armut zu entfliehen, die sie so bedrückte. Zum Dank dafür nahm sie Papa zum Mann; damit mußte er zufrieden sein, er durfte nicht auch noch Ehrlichkeit, Keuschheit, Treue oder Liebe von ihr erwarten.

Von einer Trennung der Liebenden war offenbar nie die Rede gewesen, die Ehe war Sophia nur eingegangen, um ihnen das Leben leichter zu machen. (Sag ihm, daß ich Dein Vetter bin, schrieb Oliver, Du kannst mich auch zu Deinem Bruder machen, warum nicht. Die Hauptsache ist, daß es einen guten Grund dafür gibt, Dich häufig zu besuchen. Heimlichkeiten wären zu riskant. Gibt es nicht eine häßliche Tochter, die ich heiraten könnte?) Ich hätte gern sein Gesicht gesehen, als Sophia ihm sagte, daß es so eine Tochter tatsächlich gab und daß er sie schon deshalb heiraten konnte, weil bestimmt niemand sonst es tun würde.

Ich will damit nicht sagen, daß die Briefe – sofern es sich nicht um verliebte Äußerungen handelte – bewußt zynisch oder grausam waren. Es waren kühle, sachliche Überlegungen zu den praktischen Seiten des Plans. Die Sünde als solche wird in den wenigsten Fällen erkannt. In unseren eigenen Augen sind wir immer unschuldig (bis auf die Heiligen unter uns natürlich). Wahrscheinlich fanden Sophia und Oliver, daß das Schicksal sie schlecht behandelt hatte, weil sie trotz ihrer großen Liebe nicht hatten heiraten können. Die Menschen glauben, sie hätten immer und unter allen Umständen ein Recht auf Liebe. Sie glauben, daß die Leidenschaft, wenn sie nur stark genug ist, höher steht als jede Moral und sie gewissermaßen von jeder Strafe freispricht.«

Sie zuckte die breiten Schultern. »Sie haben für ihr Vergnügen zahlen müssen. Beide«, sagte sie mit einem Hauch von puritanischer Befriedigung, die nicht recht zu der antiken Heiterkeit der breiten Stirn passen wollte.

»Mein Gewissen ließ mir keine Ruhe. Ich ging mit den Briefen zu Mr. Pierce. Wenn er sie gelesen und meine ergänzenden Erklärungen dazu gehört hatte, würde er den Fall mit ganz anderen Augen sehen. Bisher hatte ich mich aus Rücksicht auf meinen Mann zurückgehalten. Aber konnte er überhaupt Rücksicht von mir erwarten? Er selbst hatte sich ja alles andere als rücksichtsvoll verhalten. Meinen unschuldigen Vater für die Tat meines Mannes büßen zu lassen, dagegen lehnte sich alles in mir auf.

Ich beobachtete den Polizeibeamten beim Lesen; er zog mit seinem breiten Zeigefinger die Zeilen nach wie ein Bauer. Als er fertig war, legte er die Briefe ordentlich wieder zusammen und sah mich ernst an.

›Ich werde Ihnen jetzt alles erzählen, was ich weiß‹, sagte ich.

›Wenn ich Sie recht verstehe, Ma'am, wollen Sie eine Aussage machen.‹ Er rief einen Constable herein, der sich in eine Ecke setzte und alles, was ich sagte, in ein Notizbuch schrieb.

Von den Briefen ausgehend, schilderte ich ihm das Komplott. Ich erzählte ihm, wie Sophia meinem Vater eine Schwangerschaft vorgespiegelt hatte, um ihn nicht ins Ausland begleiten zu müssen, wohl weil ihr der Gedanke, sich auf so lange Zeit von Oliver trennen zu müssen, unerträglich war. Wie sie dank dieser Tatsache lange Wochen in London mit ihrem Liebhaber hatte zusammen sein können (was Mrs. Falk bestätigen würde), während sie uns vorlog, sie habe eine Fehlgeburt erlitten. Wie ihr die erfundene Schwangerschaft, als sie tatsächlich ein Kind erwartete, zum Verhängnis geworden war, weil sie nun nicht mehr, wie das in solchen Fällen häufig geschah, mit den Daten hatte jonglieren können.

›Das Kind, das Mrs. Sheridan erwartete, als sie starb, war von meinem Mann‹, sagte ich verlegen.

Er fragte so taktvoll wie möglich, ob ich das beweisen könne.

›Deshalb hat er sie doch umgebracht‹, sagte ich schlicht. Mr. Pierce gab es einen Ruck.

›Ich war schon lange davon überzeugt‹, erklärte ich. ›Ganz fest stand es für mich an dem Tag, als wir von Papas überraschender Rückkehr erfuhren. Sie gerieten geradezu in Panik. Ich hörte sie am Abend miteinander sprechen, als sie dachten, sie seien allein. Es war schrecklich. Ich mußte die Hände über den Mund pressen, um nicht aufzuschreien.‹ Ich berichtete ihm von dem Gespräch, das ich in jener Nacht mit angehört hatte und das Sie zum Teil schon kennen. In ihrer Verzweiflung war Sophia sogar bereit gewesen, mit ihm durchzubrennen, aber er hatte versucht, ihr diesen Gedanken auszureden. Es wäre Wahnsinn, auch nur daran zu denken, sagte er, eine Flucht würde all ihre Pläne zunichte machen und seine Karriere zerstören. In diesem Augenblick war ihm wohl der Gedanke gekommen, sie zu töten. Sie begann ihn zu langweilen, das merkte ich deutlich, und er hatte Angst vor der Macht, die sie über ihn besaß. Er wußte, daß er, solange sie lebte, nie wirklich frei sein würde. Ja, er beschäftigte sich mit dem Tod, wenn es auch Vaters Tod war, von dem er sprach.

›Falls er stirbt . . . Das wäre ein Ausweg‹, sagte Oliver leichthin.

›Vorausgesetzt, er stirbt, ehe er Gelegenheit hatte, sein Testament zu ändern‹, gab Sophia zu bedenken.

›Genau‹, bestätigte mein Mann.

Etwas in seiner Stimme veranlaßte sie, sich umzudrehen und ihn anzusehen. Ich stand in dem dunklen Garten und beobachtete die Szene, die sich vor mir abspielte wie ein Theaterstück auf einer hell erleuchteten Bühne.

›Warum nicht?‹ antwortete Oliver ihre unausgesprochene Frage.

›Es ist zu gefährlich.‹

›Bleibt uns eine andere Möglichkeit?‹

Sie sprachen sehr leise, trotzdem blieben sie in einiger Entfernung voneinander stehen, als seien sie mitten in der Bewegung erstarrt, vielleicht von dem eisigen Hauch der Mordgedanken angeweht, die fast greifbar im Raum standen.

›Wie könnte man es tun?‹ fragte Sophia rasch, wie atemlos.

›Das weiß ich nicht‹, wehrte er ärgerlich ab. ›Das weiß ich nicht.‹

Er durchquerte einmal mit raschen Schritten das Zimmer, und dann sagte sie: ›Der Junge hat ein tödliches Gift in der Dunkelkammer. Man braucht nur eine Prise.‹

›So einen Gedanken darf man nicht einmal laut aussprechen. Ich war wohl einen Augenblick verwirrt. Denk nicht mehr daran, Sophia.‹

›Wie du meinst, Noll‹, antwortete sie, nachgiebig wie eine Ehefrau.

Und dann trennten sie sich. Oliver blieb noch einen Augenblick unter dem Gaskronleuchter stehen, dann hob er die Hand und zog an der Schnur, und das Licht erlosch mit blauem Zischen.

Mr. Pierce fragte leicht verärgert, warum ich mit dieser Information nicht sofort zu ihm gekommen sei, man hätte das Verbrechen dann noch verhindern können. Ich habe mich dadurch zum Anstifter einer Straftat gemacht.

Ich hätte nicht gewußt, daß ich etwas Unrechtes tat, stammelte ich. Ich hätte nicht gewußt, daß man bei der Polizei auch ein Verbrechen anzeigen könne, das noch gar nicht begangen worden sei. Und wahrscheinlich hätte mich die Polizei ohnehin nur ausgelacht. Außerdem hatte ich ja auch selber nicht so recht an Mord geglaubt. Das Gespräch hatte mich nicht deshalb so sehr erschreckt, weil ich ernsthaft glaubte, sie könnten ihre Pläne in die Tat umsetzen, sondern weil es eine so niedrige Gesinnung und einen so tiefen Haß offenbarte. Und hätte eine junge Frau aus gutem Hause sich in diesen Dingen Fremden anvertrauen können? Nicht einmal der eigenen Familie, dem eigenen Mann gegenüber hätte sie darüber sprechen können, weil dadurch zu viel Ungutes ans Licht gekommen wäre. Außerdem hätte ich nie beweisen können, daß dieses Gespräch tatsächlich stattgefunden hatte.«

Der junge Mann in seiner Ecke hob protestierend die Hand, aber Miss Hine ließ sich an dieser Stelle nicht unterbrechen.

»Jetzt nach der Tat, lagen die Dinge anders. Jetzt ging es um Fakten, um die Frage der Gerechtigkeit, außerdem wußte ich jetzt, wie das Verbrechen begangen worden war.

Oliver hatte Sophia das Gift statt eines ihrer Magenpulver untergeschoben. (Man hatte das Briefchen, in dem das letzte Pulver gewesen war, neben ihrer Leiche gefunden, Sie erinnern sich, nicht wahr?) Er brauchte nur das Briefchen zu leeren, und statt des Magenmittels die gleiche Menge Gift einzufüllen, das Briefchen wieder zu verschließen und es zu den anderen zu legen. Da sie täglich drei bis vier Pulver nahm, konnte er sich in etwa ausrechnen, wann die tödliche Dosis an der Reihe war, und dafür sorgen, daß er sich zu diesem Zeitpunkt nicht im Haus befand.

Sie fragen sich jetzt, woher ich das wußte. Sehen sie, Oliver muß den Austausch in Harrys Dunkelkammer vorgenommen haben, und er konnte kaum das harmlose Pülverchen einfach auf den Boden schütten, das wäre aufgefallen. Er knotete das Pulver deshalb in eine Ecke seines Taschentuches, das er später draußen wegwerfen wollte. Doch zunächst mußte er das Gift unbeobachtet zu den anderen in Sophias Schachtel legen. Und in seiner Aufregung vergaß er das Taschentuch. Ich fand es, als ich seine Sachen zum Waschen zusammensuchte, und legte es heraus, weil ich ihn fragen wollte, was es damit auf sich hatte. Nach Sophias Tod dachte ich natürlich nicht mehr an solche Kleinigkeiten. Erst bei der Leichenschau fiel mir das Taschentuch mit dem verknoteten Zipfel wieder ein. Als wir heimkamen, probierte ich das Pulver auf der Fingerspitze. Es war eindeutig Sophias Magenmittel. Ich gebe zu, daß ich mir jetzt doch gewisse Gedanken zu machen begann.

Oliver erzählte ich nichts von meiner Entdeckung. Ich hatte das Taschentuch in dem Geheimfach meines Schmuckkästchens aufbewahrt und übergab es Mr. Pierce, als ich meine Aussage beendet hatte. Mehr war eigentlich nicht nötig«, sagte Miss Hine ein wenig selbstzufrieden.

»Und wie hat Mr. Pierce reagiert?« meinte Mr. Jones trocken. »Hat er sich gefreut, wie schön Sie seinen Fall für ihn gelöst hatten?«

»Mr. Pierce konnte diese Wendung doch nur recht sein. Er hatte ja schon bei unserer ersten Begegnung gesagt, ich wäre eine Bereicherung für die Polizei gewesen. Außerdem mußte er noch feststellen, ob meine Aussage wirklich stimmte und – er mußte sie beweisen. Er mußte sich um Belastungszeugen bemühen, denn als Olivers Ehefrau durfte ich nicht gegen ihn aussagen. Ich hatte meine Aussage bei Mr. Pierce gemacht, die Beweisführung oblag ihm.«

»Und hat er . . .«

» . . . der Anklage die notwendigen Beweise geliefert, meinen Sie? Allerdings«, sagte Miss Hine.

13 Ende der Geschichte

Miss Hine erhob sich und sah aus dem Fenster. Die Sonne hing regungslos am Horizont wie ein feurigroter Ball. Die alte Dame lehnte sich vor, hielt die Hände vors Gesicht wie ein Muezzin und rief etwas. Eine leise Antwort wehte zu ihnen herauf.

»Was ist?« fragte der junge Mann unruhig.

Sie wandte sich lächelnd um. »Sie müssen doch noch etwas essen, ehe Sie uns verlassen.«

»Ich könnte jetzt keinen Bissen herunterbringen«, erklärte Mr. Jones. »Aber ich bin sehr gespannt auf den Schluß Ihrer Geschichte.«

Irgend etwas müsse er essen, beharrte Miss Hine, sie würde ihre Geschichte bei Tisch fortsetzen. Die angebotene Gastfreundschaft auszuschlagen sei im Orient ebenso undenkbar wie einen Gast abzuweisen. Er brauchte keine Angst vor Schafsaugen zu haben. Außerdem – was würde er tun, wenn er bei Mahmoud Khan zum Frühstück gebratene Schlange mit Mango vorgesetzt bekam?

Mr. Jones bemühte sich, nicht schon bei der bloßen Vorstellung zu würgen. »*Autres pays, autres moers*«, antwortete er und predigte sich, daß es darauf ankam, immer und überall cool und distanziert zu bleiben, ein Prinzip, das er in die Praxis umzusetzen versuchte, während er der alten Dame in den Hof folgte.

Für Mr. Jones war auf einem Marmortisch unter dem Jasmin zum Abendessen gedeckt. Der kleine Springbrunnen warf unermüdlich sein filigranartiges Muster in die Luft. Auf einem mit grünen Blättern belegten Teller erhob sich eine runde weiße Schafskäsekugel, die mit eingelegten Walnüssen dekoriert war. Daneben standen Schalen mit Dickmilch, kandierten Zitronen, Rosenblättersalat mit Oliven und grünen Paprikaschoten und ein Teller mit mohnbestreutem Brot.

Miss Hine nahm ihre Erzählung wieder auf.

»Papa war inzwischen in eine trübsinnige Lethargie verfallen, aus der nichts und niemand ihn herauszulocken vermochte. Den ganzen Tag saß er still da, den Kopf in die Hand gestützt, und gab keine Antwort, wenn er angesprochen wurde. Natürlich machte ich mir Sorgen, litt unter seinem Leid. Wenn er von Olivers Verrat erfuhr, so hoffte ich, würde er sich wieder mir zuwenden, und ich würde seine Liebe zurückgewinnen.

Aber als ich zu ihm ging – er saß wie üblich am offenen Fenster, sah aber nicht auf die leere See hinaus, sondern starrte zwischen den Händen hindurch auf den Teppich – und neben ihm niederkniete, um es ihm zu sagen, brachte er nach einer Weile nur mit knarrender, des Sprechens ungewohnter Stimme heraus: ›Ist das noch wichtig?‹

Ich legte die Arme um ihn. ›Wir haben nur noch einander. Wir sind beide nicht um unser selbst willen geliebt worden.‹

›Ist das noch wichtig?‹ wiederholte Papa stumpf.

›Aber verstehst du denn nicht, was das bedeutet?‹ fragte ich eifrig. ›Jetzt können wir der Welt beweisen, daß du unschuldig bist.‹

›Ist das wichtig?‹ fragte Papa.

Mein armer Papa. Er hatte den Verstand verloren. Ich hatte ihn jetzt ganz für mich, so wie ich es gewollt hatte. Er war wie ein Baby, ein großes, trauriges Baby, und das blieb er, bis er starb. Glücklicherweise lebte er nicht mehr lange. Er wurde naß, als eines Tages der Regen durch das offene Fenster kam, an dem er zu sitzen pflegte, er erkältete sich und starb, weil er keinen Lebenswillen mehr hatte.«

Sie machte eine Pause, um sorgsam einer Feige die glänzendrote Haut abzuziehen.

»Aber Ihr Mann«, fragte Mr. Jones und bestrich ein knuspriges Stück Mohnbrot mit Ziegenkäse. »Was wurde aus Ihrem Mann?«

»Oliver? Er kam kurz vor der Weihnachtspause vor ein Geschworenengericht. Der Arme hatte nicht die geringste Chance. Die Jury war nur zwanzig Minuten draußen. Damals gab es das ›Gesetz über Zeugenaussagen bei Strafverfahren von 1898‹ noch nicht, er konnte also von der Verteidigung nicht zu seinen Gunsten vernommen werden, was für ihn eine besondere Härte bedeutete und der Anklagevertretung ihre Aufgabe wesentlich erleichterte. Aber ich tröstete mich mit dem Gedanken, daß im Grunde auch das nichts geholfen hätte. Recht muß Recht bleiben.«

»Also wirklich . . .« Mr. Jones würgte, als sei ihm gerade ein Schafsauge oder ein Stück gebratener Schlange in den Mund geraten und als wüßte er nicht recht, wie er es wieder loswerden sollte.

»Damals wußte ich von alldem natürlich nichts«, fuhr Miss Hine in tadelndem Ton fort. »Ich war an einem schweren Nervenfieber erkrankt. Damals schnitt man mir das lange braune Haar ab.« Sie strich sich nachdenklich über den Kopf. »Das kurze Haar war so kühl, so angenehm, daß ich es nie wieder habe wachsen lassen.«

»Aber Ihr Mann . . .«, beharrte Mr. Jones.

Die alte Dame seufzte. »Es fällt mir noch immer schwer, über diese schlimme Zeit zu sprechen. Das Kind kam tot zur Welt, während sein Vater im Gefängnishof gehängt wurde. Es dauerte lange, bis ich kräftig genug war, um reisen zu können, aber so bald wie möglich kehrte ich England für immer den Rücken und änderte meinen Namen. Die unglückselige Vergangenheit sollte mich nicht mehr verfolgen. Ich hatte alles verloren und mußte noch einmal ganz von vorn anfangen. Ich kann wohl sagen«, schloß sie selbstzufrieden, »daß ich mit dem ferneren Verlauf meines Lebens durchaus zufrieden sein kann.«

Mr. Jones sah sie entsetzt an. Er schob den Rosenblättersalat mit einer Geste des Widerwillens von sich.

»Sie haben es also bewußt darauf angelegt, daß Ihr Mann gehängt wurde?« fragte er ziemlich fassungslos.

»Darauf angelegt?« Die alte Dame sah ihn aus unschuldsvollen blauen Augen an. »Ich verstehe Sie nicht.«

»Sie hätten es verhindern können«, sagte er gepreßt.

»Selbst wenn es möglich gewesen wäre – was Sie mir nicht beweisen können –, warum hätte ich verhindern sollen, daß er seine gerechte Strafe bekam? Er war, das werden Sie zugeben müssen, nicht gerade der ideale Ehemann gewesen. Und Sie bilden sich doch wohl nicht ein, daß ich ihn geliebt habe?«

»Mit Liebe hat das nichts zu tun«, widersprach Mr. Jones empört. »Hier geht es nur um die Gerechtigkeit.«

»Eben«, bekräftigte die alte Dame gelassen. »Wollen Sie wirklich nichts mehr essen? Sie haben noch reichlich Zeit. Meine Spezialität müssen Sie aber unbedingt noch probieren, Pfirsich mit geriebenen Mandeln und Zimt.« Sie gab einer der Frauen in den schweren schwarzen Schleiern, den Mohammedanerinnen vor Fremden tragen, eine komplizierte Anweisung. Die Frau verschwand in der Dunkelheit.

»Ich kann mir nicht vorstellen, weshalb Sie mir diese schändliche Geschichte erzählt haben, wenn sie nicht insgeheim gehofft haben, ich würde die Wahrheit erraten«, sagte Mr. Jones streng.

»Die Wahrheit?« wiederholte sie erstaunt, als habe sie dieses Wort noch nie gehört. »Und was, bitte, ist die Wahrheit?«

Verwirrt durch die hitzedurchflimmerten Eindrücke des Nachmittags und die kühl-distanzierte Geschichte aus ferner Vergangenheit fiel es Mr. Jones schwer, zur Realität zurückzufinden. Mit einiger Anstrengung sagte er schließlich:

»Die Wahrheit ist, daß Sie selbst Sophia umgebracht haben.«

Die alte Dame betrachtete ihn mit frostig-befremdetem Blick. Lancelot Jones hörte in der Stille sein Herz schlagen. Seine Gastgeberin zu kränken war sicherlich ganz und gar unverzeihlich. Er wartete angstvoll.

Schließlich erkundigte sie sich ironisch: »Darf man fragen, wie Sie zu diesem bemerkenswerten Schluß gekommen sind?«

»Sie hatten das stärkste Motiv«, erklärte Mr. Jones ziemlich grantig. »Sie waren entsetzlich eifersüchtig auf Sophia, weil Sie selbst in Ihren Vater verliebt waren. Und wenn Sie sich auch noch so große Mühe gaben – Sie konnten Ihren Haß nicht verbergen.«

»Ich habe gar nicht versucht zu verheimlichen, daß ich sie haßte. Sie hatte einen schlechten Charakter. Aber das bedeutete noch nicht, daß ich sie umgebracht habe. Wollte man alle Menschen umbringen, die man nicht leiden kann, gäbe es kaum noch jemanden, der nicht um sein Leben fürchten müßte. Aber sprechen Sie weiter, erzählen Sie, wie ich es Ihrer Meinung nach gemacht habe.«

»Sie waren die einzige, die gewußt hat, wie Sophia getötet wurde.

Kommt Ihnen das nicht seltsam vor?«

»Im Rückblick, junger Mann, sagt sich so etwas leicht«, meinte sie gutmütig. »Aber bedenken Sie, daß ich erst neunzehn und ein ungewöhnlich behütetes junges Mädchen war, fast noch ein Kind. Was wußte ich schon von diesen Dingen?«

»Das Cyanid war im Haus. Sie wußten, daß es sich um ein gefährliches Gift handelte. Nicht nur Ihrem Mann, auch Ihnen wäre es jederzeit möglich gewesen, es mit einem von Sophias Magenpulvern zu vertauschen, und Sie hatten ein weit stärkeres Motiv als er.«

»Mag sein. Tatsache aber ist, daß man das Pulver in seinem und nicht in meinem Taschentuch gefunden hat«, erklärte sie ungerührt.

»Ich behaupte, daß Sie ihm diesen Beweis untergeschoben haben. In einer Ecke seines Taschentuchs wollen Sie das Pulver gefunden haben? Sie selbst haben es dort versteckt. Das, was sie der Polizei von dem belauschten Gespräch zwischen Oliver und Sophia erzählt haben, paßt nicht zu dem, was Sie mir erzählten. In der ersten Fassung war er es, der vorschlug, sie sollten miteinander durchbrennen, und sie lehnte den Vorschlag aus Furcht vor einem Skandal ab. Ich frage mich, ob Sie in diesem Augenblick den Entschluß gefaßt hatten, sie zu töten.«

»Meine Stiefmutter zu töten und meinem eigenen Mann die Schuld in die Schuhe zu schieben? Was für ein entsetzlicher Gedanke.«

»Ich will damit nicht sagen, daß Sie damals schon die Todesstrafe für Ihren Mann voraussahen. Vermutlich hofften Sie, man würde auf Selbstmord befinden. Die ausgedehnten Ermittlungen hatten Sie wohl nicht vorausgesehen. Als immer mehr Familienmitglieder in den Skandal hineingezogen wurden, bekamen Sie es doch mit der Angst zu tun, obgleich Ihnen meinem Gefühl nach das Schicksal Ihrer Angehörigen ziemlich gleichgültig war, von Ihrem Vater einmal abgesehen. Denn der war Ihre fixe Idee. Als er dann zum wahrscheinlichsten Verdächtigen geworden war, mußten Sie handeln, und zwar schnell handeln, um ihn zu retten. Wie Sie selbst sagten, hätten Sie sich sogar selbst geopfert, um ihn zu retten. Statt dessen fand sich ein Sündenbock. Als Sie Mrs. Falk im Haus ihrer Schwester besuchten, war Ihre Absicht nicht, ihr den Mund zu stopfen, wie Sie behaupteten. Dazu war es zu spät, die Anweisung zur Exhumierung war schon ergangen, es wäre also sinnlos gewesen, ihr zu drohen. Nein, Sie haben Mrs. Falk aufgesucht, weil Sie wissen wollten, ob die Alte gegen entsprechende Bezahlung bereit war, Beweismaterial gegen Ihren Mann herauszurücken. Nicht daß Sie Mrs. Falk ausdrücklich darauf angesprochen hätten«, sagte er rasch, als sie protestierend den Mund öffnete, »aber Sie haben mit dem Satz *Oliver könnte keine hundert Pfund aufbringen, und wenn es um sein Leben ginge* sehr deutlich gemacht, worauf Sie aus waren. Mrs. Falk hat sehr wohl begriffen, daß es Geld geben würde, wenn sie ihre Rolle gut spielte und das erforderliche Beweismaterial lieferte.«

»Pure Erfindung«, sagte die alte Dame, beobachtete ihn aber dabei scharf.

»Sie haben mir vormachen wollen, Sie hätten nicht gewußt, was sie mit seltenen alten Papieren meinte, aber Sie haben sich die Papiere ohne Olivers Wissen schicken lassen. Oliver durfte inzwischen nach London fahren, um mit Mrs. Falk zu verhandeln, weil Sie ihn aus dem Weg haben wollten, während Sie der Polizei das Beweismaterial übergaben. Obwohl die Alte wußte, daß Sie ihr die Briefe nicht abgekauft haben, um Ihren Mann zu decken, sondern um ihn zu verraten?«

»Mrs. Falk ging es um Vergeltung – genau wie mir. Man könnte sogar sagen, daß sie mich benutzte, um das zu erledigen, was ihr zu schmutzig und zu gefährlich war.«

»Sie geben es also zu«, sagte Mr. Jones ganz schockiert. »Um Ihren Vater zu retten, haben Sie Ihren Mann in den Tod geschickt.«

»Ich war kein Ungeheuer, junger Mann. Ich war ein unglückliches junges Mädchen, das keine Freunde, keinen Rückhalt hatte, und ich habe versucht zu tun, was für alle Beteiligten das Beste war. Sophia war, das werden auch Sie nicht leugnen, eine durch und durch verdorbene, zügellose Person, die, wäre sie am Leben geblieben, nur Schmach und Schande über uns alle gebracht hätte. Ich kann noch heute meine Tat nicht verurteilen. Versuchen Sie doch ein wenig Mitgefühl mit dem armen, ratlosen Kind von damals aufzubringen«, bat Miss Hine. Der von ihr angeschlagene Ton maßvoller Vernunft verletzte Mr. Jones Moralgefühl nur noch mehr.

»Mitgefühl? Sie haben doch überhaupt kein Gewissen. Sie haben alle hintergangen – ohne jedes Anzeichen von Mitleid, ohne eine Spur von Reue, ohne jedes Schuldgefühl.«

»Schuld hatten die anderen. Ihre Niedertracht hat meine Unschuld zerstört.«

»Wenn Sie unschuldig waren, dann helfe Gott den Schuldigen.«

»Na, na, das ist denn doch ein bißchen starker Tobak.« Miss Hine lachte. »Schließlich sind Sie hier zu Gast. Aber lassen Sie nur, ich bin Ihnen nicht böse. Es hat mir Spaß gemacht, Ihnen die ganze

Geschichte zu erzählen, und Sie waren ein sehr geduldiger und ausgesprochen intelligenter Zuhörer. Von hundert hätte nicht einer die Wahrheit erraten. Ich hoffe, Sie haben sich nicht gelangweilt.«

Aber Schmeicheleien zogen bei Mr. Jones nicht. Schließlich handelt es sich hier um eine Mörderin.

»Gelangweilt? Das nicht.« Er löffelte den Rest Pfirsichsaft mit dem köstlichen Mandelaroma. »Aber ich bin entsetzt, daß muß ich allerdings sagen.«

»Nehmen Sie das alles nicht ein bißchen zu ernst? Wir wollen doch nicht allzu pingelig sein. Das alles ist lange her. Wen interessiert es heute noch? Es gibt ohnehin zu viele Menschen auf der Welt, die meisten sind einfach überflüssig. So ganz wohl war mir damals nicht bei der Sache, das gebe ich zu, aber ständiges Grübeln führt zu nichts, und es ist erstaunlich, wie rasch unerfreuliche Erinnerungen einem aus dem Gedächtnis schwinden. Alles in allem habe ich ein sehr glückliches und erfolgreiches Leben hinter mir.«

»Sie sind gefühllos. Bisher dachte ich, daß ungesühnte Morde wenigstens schwer auf das Gewissen der Mörder drücken«, sagte Mr. Jones erbittert.

»Seltsamerweise«, meinte Miss Hine nachdenklich, »sind es meist die Menschen, die nie eine böse Tat begangen haben, die sich mit Schuldgefühlen herumschlagen. Unfair, nicht? Ich hingegen fühle mich äußerst wohl, kein Anflug von Reue stört meinen Schlaf oder bringt meine Verdauung durcheinander. Vielleicht wären wir alle selbstbewußter und normaler, wenn wir ein, zwei kleine Morde hinter uns hätten.«

Aber darüber konnte nun Mr. Jones beim besten Willen nicht lachen. Die Vorstellung, daß die Schuldigen glücklich waren und die Unschuldigen litten, erzeugte in ihm eine Art Schwindelgefühl, er hatte den Eindruck, als ob der Boden unter ihm ins Wanken gekommen war. Wo war seine philosophische Gelassenheit geblieben, auf die er so stolz gewesen war?

»Ich werde das natürlich melden müssen, sobald ich nach England zurückkomme«, erklärte er förmlich.

»Das würde ich an Ihrer Stelle nicht tun«, sagte Miss Hine gelassen. »Man wird Sie nur auslachen, wenn Sie sich daranmachen, in dem Abraum eines vergangenen Jahrhunderts herumzustochern.«

»Ich versichere Ihnen, es hat gar keinen Zweck, wenn Sie . . .«, begann Mr. Jones, aber Miss Hine unterbrach ihn mit der Bemerkung, wenn er noch vor Sonnenuntergang starten wollte, müsse er sich jetzt wohl auf den Weg machen.

Anstandsregeln, die festlegen, wie man sich gewandt von einer Gastgeberin verabschiedet, die einem soeben einen Mord gestanden hat, gibt es leider noch nicht. Mr. Jones war verlegen. Er versuchte es mit Strenge, aber die alte Dame war so unerschütterlich liebenswürdig, daß er sich wie ein Idiot vorkam. Seine Drohung, sie anzuzeigen, hatte sie offenbar ganz und gar nicht beeindruckt. Nahm sie ihn nicht ernst? Oder hatte sie einen bestimmten Grund dafür, ihn nicht zu fürchten, sie, eine Mörderin? Eine Mörderin – ja, das war es. Wer einmal getötet hat, tut es womöglich wieder, begriff er und spürte, wie ihm vor Angst die Knie weich wurden. Wie unentschuldbar vertrauensselig war er gewesen. Hätte sie ihm dieses Geständnis gemacht, wenn sie nicht gewußt hätte, daß sie von ihm nichts zu befürchten hatte? *Etwas im Essen* . . . Sie hatte ihm das Abendessen ja förmlich aufgedrängt. Aber – hatte sie da schon gewußt, daß er ihr Geheimnis erraten hatte? Er erinnerte sich mit eisigem Schrecken daran, wie sie plötzlich die Pfirsiche mit gemahlenen Mandeln hatte kommen lassen. Gemahlene Mandeln . . . er spürte wieder den charakteristischen, leicht bitteren Geschmack auf der Zunge . . .

Wie aus weiter Ferne hörte er die alte Dame sagen: »Und vergessen Sie ja nicht, mir zu schreiben, ob Sie gut angekommen sind. Ihr weiteres Schicksal interessiert mich sehr. Sie werden es noch weit bringen, junger Mann. Bei Ihrer Intelligenz . . .«

Man hätte denken können, daß sich hier eine zärtliche Tante von ihrem Lieblingsneffen verabschiedete – wenn da nicht diese Ironie hinter den Worten gewesen wäre.

Das Tor fiel scheppernd hinter ihm zu. Er war allein unter dem hohen, leeren Himmel. Im Nachglanz des Sonnenuntergangs sah das Dorf aus, als sei es aus rosa Speiseeisblöcken zusammengesetzt. Das Flugzeug war ein kleines schwarzes Kreuz in der Ferne. Wann würde wohl die Wirkung des Giftes einsetzen? Der kalte Abendwind, der ihn von der Wüste aus anwehte, ließ ihn zusammenschauern. Er stolperte eilig über den unebenen Boden, er wollte Ras Ali erreichen, ehe er starb . . . wollte ihm sagen . . . Sein Kopf dröhnte, das Dröhnen wurde lauter, immer lauter . . . Und dann merkte er, daß der Lärm sich gar nicht in seinem Kopf abspielte, sondern von der wartenden Maschine kam. Er stolperte weiter.

Ras Ali begrüßte ihn, wieder ganz der alte, tüchtig, frech, unerschrocken.

»Ras Ali, mir ist schlecht«, stöhnte Mr. Jones. Und dann mußte er sich ganz schrecklich erbrechen.

Es war eine große Erleichterung, das Gift loszusein. Fast übermütig schwang sich Lancelot Jones in die gebrechliche fliegende Kiste; überrascht stellte er fest, daß er sich darin richtig wohl fühlte. Das Flugzeug verfiel in heftige Zuckungen und begann schwankend anzurollen.

»Leben Sie wohl, Mrs. Borgia«, sagte Mr. Jones. In seiner Stimme klang höhnischer Triumph.

Bald ließ sich vom Boden aus das Hecklicht nur noch durch seinen gleichmäßigen Kurs von den Leuchtkäfern unterscheiden, die in kühnem Flug durch die tiefer werdende Dunkelheit schossen.

Lancelot Jones kam unversehrt in Bandrapore, dem von Mahmoud Kahn regierten kleinen indischen Staat an, wo es ihm sehr gut gefiel. Mahmoud Khans Palast war von großer Pracht und unglaublicher Primitivität. Die Hofbeamten sahen aus wie Komparsen aus einem Cecil-de-Mille-Film, sie trugen juwelenbesetzte Turbane und glitzernde Orden auf den bestickten Uniformen und gingen barfuß. Immerhin bekam Mr. Jones zum Frühstück, das er zunächst äußerst mißtrauisch inspizierte, Kedgeree und keine gebratenen Schlangen.

Wenn man seine Eindrücke nicht im Gespräch loswerden kann, ist die nächstbeste Möglichkeit ein Brief, dem man seine Gedanken und Empfindungen anvertraut. Da Mr. Jones keine geeigneten Gesprächspartner hatte, setzte er sich eines Vormittags hin und schrieb einem Freund in Oxford einen wirklich amüsanten Bericht über seine Erlebnisse.

Er schilderte das aus geschnitztem rosa Marmor errichtete, vierzig Fuß hohe Elefantentor des Palastes. Er schilderte einen Vogel, der sich auf seinem Balkon niederzulassen pflegte und dessen Flöten bei Mondschein ihn schier zur Verzweiflung brachte. Er schilderte seinen achtjährigen Zögling, einen begeisterten kleinen Jäger, zart wie eine persische Miniatur, undiszipliniert, höflich, leidenschaftlich verliebt in eine Rani im Nachbarstaat, für die er überspannte, sehnsuchtsvolle Liebesgedichte schrieb. Und er schilderte seinen Flug in dem gebrechlichen kleinen Flugzeug mit dem Abenteuer, das ihm die unerwartete Zwischenlandung beschert hatte.

»Wir landeten mitten in der Wüste, scheinbar meilenweit von jeder menschlichen Behausung entfernt. Zum Glück fanden wir dann doch ein Dorf und eine Art Herrenhaus, dessen Besitzerin, eine ganz originelle alte Dame, sich Alva Hine nannte, in Wirklichkeit aber Blanche Sheridan hieß. Eine ganz komische Geschichte. Ist Dir zufällig bei Deinen kriminologischen Studien der Name mal begegnet? Wenn er Dir ein Begriff ist, erzähle ich Dir gern mehr, Du wirst staunen.«

In seiner Antwort schrieb der Freund auf der zweiten Seite: »Natürlich habe ich von Alva Hine gehört, alter Junge, was denkst Du denn von mir? Daß Du ihr ausgerechnet an diesem gottverlassenen Fleckchen Erde über den Weg gelaufen bist, ist ja wirklich erstaunlich. Es muß ein unterhaltsamer Nachmittag gewesen sein. Mit Deinen Andeutungen hast Du mich ganz schön auf die Folter gespannt; ich freue mich schon auf Deinen nächsten Brief.«

Aber inzwischen war das Abenteuer schon schale Vergangenheit geworden und hatte seinen Reiz weitgehend verloren. Lancelot Jones ließ den Brief unbeantwortet. Statt dessen widmete er sich den Freuden der Sauhatz – er, der die Jagd stets als sinnlose Barbarei verachtet hatte. Er hätte ein Gedicht darüber schreiben können (denn langsam begann ihm zu dämmern, wozu auch Lyrik gut ist), wie erregend es war, in den herrlich kühlen Morgen hinauszureiten, von einem Wohlgefühl erfüllt, das sich in lautem Gesang Luft machen mußte.

Er raffte sich nie dazu auf, an Miss Hine zu schreiben. In der ersten Woche spielte er wohl mit der einen oder anderen gelungenen Formulierung, aber er war zu bequem, sie zu Papier zu bringen, und außerdem war er gar nicht mehr so fest davon überzeugt, daß sie tatsächlich versucht hatte, ihn umzubringen. Vielleicht war an seinem Zustand nur das Zusammenspiel von Aufregung, Hitze und gehaltvollem orientalischem Essen schuld gewesen. Er hatte keine Lust, sich lächerlich zu machen, und schob die Erinnerung entschlossen beiseite.

Und dann kehrte er eines Tages nach England zurück (es war wunderschön gewesen, obgleich es ihm nicht gelungen war, dem Khan, der sich während seines Aufenthaltes alles in allem nur zweimal hatte sehen lassen, auch nur einen Anna Gehalt aus der Tasche zu ziehen) und nahm eine ziemlich öde Stellung in einer ziemlich öden Schule an, und das Leben wurde recht langweilig. Irgend etwas schien zu fehlen, und er wußte nicht, daß dieses Etwas sich Romantik nennt. Er erwog ernsthaft, sich der großen Sekte jener Zeitgenossen anzuschließen, die Bücher über ihre Erlebnisse schreiben. Warum sollte er nicht in seiner Freizeit beispielsweise ein Buch über Indien schreiben?

Der Gang zur Polizei, zu dem er sich schließlich aufraffte, war eine herbe Enttäuschung. Die Beamten behaupteten glatt, einen Fall Sheridan hätten sie nicht in den Akten. Es war unerhört. Was er zu sagen hatte, interessierte sie überhaupt nicht, sie hielten ihn offenbar für einen Spinner. Mr. Jones war zutiefst empört und neigte in den nächsten Wochen dazu, seine Zuhörer mit diesem Thema zu nerven.

Im Dezember, kurz vor Weihnachten, bekam er ein Päckchen; es war ihm von Oxford aus nachgeschickt worden, und hatte die erfreulich kompakte Form eines Buches. Der Absender war nicht eine Buchhandlung, sondern ein Verlag. War es eine verspätete Bestellung, die er mittlerweile schon ganz vergessen hatte? Oder vielleicht schon ein Weihnachtsgeschenk?

Es war genaugenommen weder das eine noch das andere. Oder vielleicht beides.

Auf dem violetten Schutzumschlag stand in scharlachroten Lettern: *Von Beileidsbesuchen bitten wir abzusehen.* Darunter ein riesiger weißer Schriftzug: *Alva Hine.*

Mit dummem Gesicht besah sich Mr. Jones diese Worte und den Zusatz: »Alva Hines 100. Kriminalroman.« Er verstand überhaupt nichts mehr. Mit größter Vorsicht schlug er die ersten Seiten um, als verberge sich in ihnen eine ansteckende Krankheit oder irgendeine unangenehme Überraschung. Dann fiel sein Blick auf den Namen Blanche Rose, hier und da stieß er auf einen Satz, der ihm bekannt vorkam. Und dann fand er des Rätsels Lösung.

Zwischen der Titelseite und dem Inhaltsverzeichnis stand auf einer Seite für sich in Fettdruck:

Ohne seine Erlaubnis gewidmet dem geduldigen Zuhörer, der einen langen Nachmittag totzuschlagen hatte.

Und nach einem kurzen Moment ratloser Verwirrung fing Mr. Jones an zu lachen.

Nachwort

von Julian Symons

In meiner Geschichte des Kriminalromans »Am Anfang war der Mord« habe ich geschrieben, daß Shelley Smiths bester Roman »Herr, erbarme Dich der Schwachen« *(The Lord Have Mercy*, erscheint demnächst in der Reihe der Ullstein Krimis) ist, der auf brillante Weise den konventionellen Hintergrund eines bürgerlichen Dorflebens für äußerst unkonventionelle Zwecke benutzt. Zu diesem Zeitpunkt hatte ich allerdings noch nicht »Das Gift der Bosheit« *(An Afternoon to Kill)* gelesen, der mir sogar noch besser erscheint. Diese Glanzleistung ist eine seltene Kostbarkeit, ein völlig eigenständiges Werk der Kriminalliteratur. Es wird Sie fesseln, unterhalten oder ärgern, aber Sie werden noch nichts gelesen haben, das diesem Buch ähnelt.

Das Überraschende an Shelley Smiths Kriminalromanen ist ihre Unterschiedlichkeit. Sie hat besonders diese graue Zone untersucht, wo kleinkarierte Bösartigkeit zum Mord führen kann. Ihre Figuren haben oft gar keine besondere Absicht, jemanden umzubringen, sind aber so gefühllos, daß sie es tun, wenn es notwendig wird, und sie verspüren keine, dieser moralischen Skrupel, die jeder von uns selbst bei viel kleineren Vergehen empfinden würde. So läßt sich Thomas Bates in *Man Alone* darauf ein, in die Rolle eines anderen zu schlüpfen, weil eine Leidenschaft für Luxus und eine abgrundtiefe Habgier ihn dazu treiben. Der Roman *The Woman in the Sea* basiert ziemlich genau auf dem wirklichen Mordfall Alma Rattenbury und fügt den bekannten Fakten einige interessante und plausible psychologische Erklärungen hinzu, wenn sie auch notwendigerweise Spekulation bleiben müssen. »Das Haus auf der Apostelinsel« *(This Is the House)* ist ein orthodoxer Kriminalroman, aber immer noch eine ungewöhnliche Geschichte mit zwei Morden in westindischer Umgebung und einem höchst raffinierten Plot. In *Come and Be Killed* läuft die einfältige und neurotische Florence aus dem Pflegeheim fort, in das sie von ihrer vielbeschäftigten Schwester gesteckt wurde. Sie begegnet der freundlichen Mrs. Jolly. Aber freundliche Frauen sind in den Büchern von Shelley Smith selten so, wie sie aussehen. Mrs. Jolly ist eine Mörderin, obwohl sie (und das ist ein hübscher Einfall) zu empfindsam ist, zuzusehen, wie ihr Opfer an dem Gift stirbt.

Schriftsteller, die sich von anderen unterscheiden wollen, gehen beträchtliche Risiken ein. Wenn ihre Charakterisierung der Personen nicht überzeugend ist, dann bleibt der Leser enttäuscht zurück, und nicht alle Romane von Shelley Smith sind in dieser Hinsicht makellos. Aber unter den bisher genannten verdienen *Come and Be Killed* und *The Woman In the Sea* einen Platz auf dem Bücherregal eines jeden Kriminalromanlesers, der nicht nur ein möglichst kompliziertes Rätsel haben möchte. Es ist bedauerlich, daß diese beiden Romane in England vergriffen und in Deutschland noch nicht erschienen sind. Aber der Ullstein Verlag plant ja, weitere Werke von dieser Autorin herauszubringen.

»Das Gift der Bosheit« hat fast von den ersten Seiten an die schimmernde Qualität einer Fata Morgana. Der junge Lancelot Jones wird zu seinem ersten Job geflogen – er soll Hauslehrer eines Radschasohnes werden –, aber der unfähige Pilot schafft nur eine Notlandung in einer Wüste. Etwas stimmt mit dem Flugzeug nicht, aber was? Befinden sie sich in der Persischen Wüste, wie der Pilot behauptet, oder völlig woanders? Existiert das Gebäude in der Ferne überhaupt? Das Haus existiert tatsächlich, und doch wird dem Leser der Eindruck von Unwirklichkeit vermittelt, obwohl die Person, die Lancelot begrüßt, solide genug ist: »Eine alte Frau, kräftig und breithüftig wie eine Bäuerin, mit weißem, extrem kurz geschnittenem Haar wie das eines Mannes.« Sie heißt Alva Hine, was Lancelot nichts sagt, denn er ist ein ernster junger Mann, der Fakten der Phantasie vorzieht und Romane als schädliche Produkte eines kranken Geistes betrachtet. Die alte Frau ärgert sich über seine Eingebildetheit und beginnt, ihm eine Geschichte zu erzählen . . . Die Atmosphäre von »Tausendundeiner Nacht« wird völlig bewußt beschworen und durch die ganze Geschichte aufrechterhalten. Während das Flugzeug repariert wird, sitzt Lancelot gebannt da und hört Alvas Lebensgeschichte zu, einem viktorianischen Drama aus Geheimnis und Leidenschaft. Hin und wieder wirft er eine Bemerkung ein und kommt am Ende zu einer Schlußfolgerung, die wir vielleicht schon gezogen haben. Und doch gibt es noch eine überraschende Wendung. Wenn wir uns, nachdem wir die letzte Seite gelesen haben, noch einmal die ganze Geschichte vor Augen führen und uns noch einmal das erste Kapitel vornehmen, dann können wir erst wirklich die Raffinesse würdigen, mit der wir hinters Licht geführt wurden.

Mehr darf man eigentlich über das Buch nicht sagen, und ich weiß nur sehr wenig über die Autorin. Shelley Smith ist das Pseudonym, das Nancy Hermione Bodington benutzt. Sie hat Malerei studiert, verbrachte einige Ehejahre auf einem italienischen Schloß und lebt jetzt in Sussex. In den letzten zwanzig Jahren hat sie nur zwei Romane veröffentlicht: *A Grave Affair* (Ein dickes Ding) und *A Game of Consequences* (Spiel der Konsequenzen, erscheint demnächst bei Ullstein). Doch Shelley Smith ist auf dem Gebiet des Kriminalromans eine Künstlerin und nicht einer der üblichen Handwerker.